戦争・詩・時代

平和が平和であるために

堀内統義

創風社出版

はじめに

平成二十七年（二〇一五）は、戦後七十年という節目の一年でした。

昭和二十二年生まれのわたしは戦争を知らない。しかし、わたしが過ごした幼少年時代、両親をはじめ大人たち（もちろんこどもたちも）の暮らしには、戦争の爪痕がまだまだ生々しく刻まれていた。そうした焼け跡からの復興の日々に育まれるところから出発して、戦後七十年の歳月は、ほぼわたしの人生といえる。

わたしが生まれた年の五月三日は、日本国憲法が施行された記念すべき日です。

憲法第九条
一　日本国民は、正義と秩序を基調とする国際平和を誠実に希求し、国権の発動たる戦争と、武力による威嚇又は武力の行使は、国際紛争を解決する手段としては、永久にこれを放棄する。
二　前項の目的を達するため、陸海空軍その他の戦力は、これを保持しない。国の交戦権は、これを認めない。

わたしは日本国憲法や、第九条と同い年ということになる。しかし、東西冷戦の激化により、警察予備隊がつくられ、保安隊をへて自衛隊に発展していく。これによって、「戦力の不保持」という条文は空文化されてしまった。

　とはいうものの、紛争を戦争により解決しない、国の交戦権は認めないという、もう一方の柱は厳然として生きて、七十年ものあいだ、まがりなりにも戦争のない国でありつづけることができた。ところが昨年はたんに戦後七十年という節目だけではなかった。安全保障関連法が九月に成立。集団的自衛権行使を容認する法的整備が進められるに至ったのです。

　こうした時期、わたしは近代日本社会の歩みのなかで、詩人たちが戦争と、どのように関わり合ったかを、あらためて見てみたいと思う。過去の歴史は、常に現在からの審判に向き合わねばならない。というまなざしよりも、確かめることによって新たな未来に向けて、しっかりと、いまを考えたいと思うからだ。流動し、変化する世界に対応するために、未来の豊かさに心を開いていきたい。批判よりも、進むべき社会の創造へ向けて考える一歩に、そう願って筆を進めようと考えています。

戦争・詩・時代　平和が平和であるために

――目　次――

平和が平和であるために

日清戦争と正岡子規

正岡子規（まさおか　しき）
慶応三年～明治三十五年（一八六七～一九〇二）

◆新聞「日本」

正岡子規は短いあいだであったが、日清戦争の従軍記者として出征している。明治二十八年（一八九五）四月中旬から五月にかけての約一カ月、遼東半島へ赴いたのであった。陸羯南《くがかつなん》が主筆兼社主である新聞「日本」紙上で文筆活動を展開していた子規が、なぜ戦争の現地へ足を運ぶことになったのだろうか。

「日本」は、羯南が明治二十二年（一八八九）に創刊した。

当時の日本は、政府が文化・制度・風俗・習慣等にわたって欧化政策を推進し、欧米諸国に日本の近代化を認めさせようと躍起になった時代であり、その象徴が鹿鳴館であった。

しかし自由民権運動の弾圧などを通して、政府の欧化政策は上からの欧化と見なされた。それは「貴族的欧化主義」として、反政府派の格好の標的となった。

徳富蘇峰の「国民の友」や「国民新聞」は、それに対して「平民的欧化主義」を唱えて抗した。一方、陸羯南の「日本」や三宅雪嶺の「日本人」は日本主義、国粋主義を掲げていた。こうした思潮が、明治二十年代から三十年代にかけて、人々を導いたといえる。

羯南の視野は広い。創刊の辞を一部抜き出してみよう。

『日本』は国民精神の回復発揚を自任すといへども、泰西文化の善美はこれを知らざるにあらず。その権利、自由および平等の説はこれを重んじ、その哲学道義の理はこれを敬し、その風俗習慣もある点はこれを愛し、とくに理学、経済、実業のことはもつともこれを欣慕す。

こうした善きものを受容しての、国民精神の回復発揚というわけである。
子規を羯南に紹介した母方の叔父加藤恒忠《つねただ》（拓川《たくせん》）は、羯南の知人であるとともに、彼の思想に深く相通じた存在であったのだ。

子規はそのような時代を生きていた。

「日本」への入社は明治二十五年（一八九二）十二月一日。俳句時事評を書くなど、記者としての日々が始まっていた。

そこに日清戦争の跫音《あしおと》である。

前述の通り、明治日本は十九世紀の帝国主義を体現する西欧列強をモデルとして、ひたすら欧化に邁進している。

日清戦争は、膨脹主義を企図する日本と朝鮮半島をめぐるロシア、清国との勢力均衡の緊張から生じたこと。子規は松山の叔父大原恒徳《つねのり》にあてた手紙で「朝鮮事件どうやら面白く相成り候」（明治二十七年七月二十四日付け）と書いていて、こうした国際情勢に関心を示していることがわかる。

子規の俳句時事評にも、つぎのようなものが見られる。

朝鮮内亂　　　　　　　　　　＊塒は、ねぐら（筆者註）
蛇入て塒《とや》のさわぎや時鳥　　　（日本　明治二十六年五月二十四日）

朝鮮談判
四海皆鳴りを静めて時鳥　（日本　明治二十六年五月二十四日）
朝鮮問答
栗三年花咲く程に成りにけり　（日本　明治二十六年六月二日）

◆新聞「小日本」の編集長を

この「日本」は政府批判によって度重なる発行停止にあっていた。

それに備えて、「小日本」を創刊し、子規は編集長に抜擢された。家庭向きの絵入小新聞として、いわば「日本」の別働隊の役割をもったもの。政論等を中心に論調する大新聞に対して、読み物中心が小新聞である。

明治二十七年（一八九四）二月二十一日にスタート。

子規は創刊時から俳句の募集をはじめた。彼にとって、伝統的な詩歌である俳句の再発見は大きな事業である。俳句に新しい時代の命を吹きこむ取り組みを、ここで存分に試みることができるのだ。

さらに、自らの小説「月の都」や「一日物語」を連載したのであった。しかし、残念ながら同年七月十五日には早くも廃刊となり、子規は「日本」の仕事に復帰。

ちょうどこの頃、世の中は日清戦争という事態に直面していくのである。近代における初めての対外戦争という国の存亡を賭した戦いの幕が開いた。

戦局の進展とともに日本新聞社からも従軍者が相次ぐ。紙面に溢れるのは華々しい従軍記事ばかりという日々を迎える。時期も悪かった。そうしたなかでの「小日本」廃刊は、子規の心に微妙な屈折を刻んだ。

しかし子規は自らに立ち向かう。

「鬱勃《うつぼつ》たる不平を懐きながら、居士は毎日のように根岸の郊外を散歩した。一冊の手帳と一本の鉛筆を携《たずさ》えて田圃野径《でんぽやけい》をさまよい、得るに従って俳句を書きつける。居士が俳句の上に写生の妙を悟ったのはこの時であった。同じような道を往来し、平凡な光景の中に新《あら》な句境を見出したのである」（柴田宵曲『正岡子規』）。

その時間は、左記のような句を生んでいる。

並松や根はむしられて蔦紅葉《つたもみじ》
晩稲《おくて》刈る東海道の日和かな
街道を尻に稲こく女かな
脛《すね》に立つ水田の晩稲刈る日かな
旗一本菊一鉢の小家かな
日あたりや綿も干し猫も寝る戸口

これを、俳人の坪内稔典は「郊外の子規は草花や小動物、そして働く人々と同化している。対象と同化したその場所で写生は始まった」（岩波新書『正岡子規』）と把握し、『小日本』の仕事を通して子規は不折と知り合い、彼から洋画の基礎的技法の写生を教えられた。それを子規は郊外散歩で実践したのである」と指摘している。のちに、この中村不折は子規とともに日清戦争に従軍する。

◆明治のナショナリズムのなかに

後年、子規自身はこのことを「今より四年前の事なり。世は日清戦争にいそがはしく、わが身を委ねし事業は忽に倒れ、わが友は多くいくさに従ひて朝鮮に支那に渡りし頃の其秋なりき。此時専らわが心を動かせしは新聞紙上の戦報にして、吾はいかにしてか従軍せんとのみ思へり。されどわが経歴とわが健康とはわが此願ひを許さるべくもあらねば、人にもいはず、ひとり心をのみ悩ましつゝ、日毎に郊外散歩をこゝろみたり。」（「車上所見」）と、振り返っている。

そうしたなか、子規は友人への手紙にも「日清戦争愉快に堪へず　小生も亦従軍の志勃々として已まず候へども何分体力不十分之為め先づ先づ見合せ居申候」（明治二十八年一月二十九日付け・井林博政宛て）と記している。

「小日本」の仕事はできない。従軍報道もできないでは、一人取り残されたような気持ちなのだ。で、従軍志願の気持ちを抑えきれなくなっていく。

宣戦布告は明治二十七年（一八九四）八月一日であった。

子規は「日本」紙上（同年九月十八日付け）に「進軍歌五首」として、俳句を発表している。

長き夜の大同江をわたりけり
万人の額あつむる月夜かな
進め進め角一声月上りけり
野に山に進むや月の三万騎
それ丸《だま》や十六夜の闇をとび渡る

「凱《がい》歌五首」もある。

敵死して案山子の笠の血しほ哉
凱歌一曲馬嘶いて秋高し
月千里馬上に小手をかざしけり
秋風の韓山敵の影もなし
砲やんで月朧し山の上

さらに、九月二十四日紙上には「海戦十首」を掲載。

つら〳〵と船ならびけり秋の海

渡りかけて鳥さわぐ海の響き哉
凄しや弾丸波に沈む音
烟捲いて秋の夕日の海黄なり
船焼けて夕栄の雁乱れけり
稲妻や敵艦遠く逃《に》げて行く
秋風の渤海湾に船もなし
船沈みてあら波月を砕くかな
帆柱や秋高く日の旗翻る
秋荒れて血の波騒ぐ巌かな

これらの句に目を通していると、当時のおおかたの国民感情のただなかにいる子規の姿を見出す思いである。戦争による昂奮に身をゆだね、そのたかぶりに心をおどらせている。自らが目にしたものではなく、報道によって思い描く戦場を、まるで花鳥風月を詠むように筆をとっているに過ぎない。戦地に赴いているわけではないから、郊外散歩で得た句作上の写生という画期的な境地によるものでないことは当然である。

これが世間に溢れた戦争への熱気という圧倒的な気分なのだろう。明治のナショナリズムというべきか。子規もまたその渦中に身を置いていることがわかる。

周囲は子規の抱える病気を案じて、こぞって従軍を押しとどめようとした。子規は二十二歳のときに、当時不治の病とされた結核に冒されている。その身体で戦地へ赴くなど思いもよらないこと。しかし、子規は目的に突進し実現することに。

「日本」社中の送別の宴に際して、子規は

かへらじとかけてぞちかふ梓弓《あずさゆみ》矢立《やたて》たばさみ首途《かどで》すわれは

自らをさいなむ不安を抑えこみ、気持ちを奮い立たせるこうした歌を詠んだのだ。

◆近衛師団付従軍記者

年が明けた明治二十八年（一八九五）三月三日に東京駅を発ち、六日には広島に着いた。その日のうちに従軍願いを提出しているが、許可がおりたのは二十一日であった。

その間、郷里の松山へ帰って父の墓に参ったりしている。

広島で撮影した写真が残っている。

羽織袴姿の子規が左手に刀を握っている。写真裏面には「明治廿八年三月三十日撮影、正岡常規《つねのり》廿八歳の像なり。常規まさに近衛軍に従ひ渡清せんとす。故に撮影す」とある。

願い出て、旧藩主久松定謨《ひさまつさだこと》伯爵から賜った刀であり、武士の子として生まれた子規が生きた時代の姿が、図らずも鮮やかに映し出された一葉といえよう。

「殿様御下広の砌《みぎり》仕込杖一口《ひとふり》下され無上の面目を施し候。」と喜んだ刀を左手に、羽織袴姿で撮影。

　子規の出征は、北白川宮能久親王《きたしらかわのみやよしひさしんのう》を師団長とする近衛師団付従軍記者としてであった。久松定謨伯爵も副官として従軍していた。

　しかしながら、戦捷に沸《わ》く時代的な狂騒の渦中にあったとはいえ、子規の体調からしてこの従軍行が現実となったことに、どうしてだろうという思いはぬぐえない。羯南をはじめ周囲の者が、どうしてそれを了承したのか。

　それに関して、たいへん興味深い指摘がある。

　末延芳晴『従軍記者正岡子規』（愛媛新聞）の論考である。

　要約すると、

　近衛師団は実際の戦闘行為に参加しないことを前提に派遣された軍隊であること。

　子規が派遣された頃には、既に休戦協定が結ばれていること。

　戦局の趨勢が定まり、季候も寒気の厳しい冬を越し、暖かくなる春であること。

　こうしたことから、「子規の従軍が、『あれほど行きたがっているのだから、行かせてあげよう』

という羯南らの思いやりで、極めて周到な計算と配慮のもとに行われたことが分かる」（愛媛新聞平成二十二年八月十五日）というのだ。無謀とも思える従軍が、子規の安全性を担保したもとに行われたとすれば、それは十分に納得できる着地点であったことであろう。

四月七日には出発命令が出る。

十日の午後六時に、搭乗した輸送船海城丸は錨を上げ、宇品港をいよいよ出発。十三日には大連湾に入り、柳樹屯に上陸する。

念願の遼東半島へ渡った子規が書き送った連載記事「陣中日記」は、四月二十八日からスタートした。「軍隊に従ひて大砲の声に気力を養ひ異国の山川に草鞋の跡を残さばやと思ひ立ち」（「陣中日記一」）と、従軍した見聞を報告している。

第二回は五月九日、第三回は五月十六日。最終回は七月二十三日で、この日は帰国して神戸に上陸した日。和田岬検疫所に入って、午後ようやく放免されるが、歩くたびに血を吐き、ついに力尽き釣台にのせられて神戸病院に収容されている。そうしたなかでの送稿だったのかと驚く。

帰国後、明治二十九年（一八九六）一月から二月にかけて「従軍紀事」として七回の掲載がある。こちらは従軍に際して、記者たちが軍から受けたひどい扱いを論難したもの。末延芳晴は「軍人、ひいては軍を批判する舌鋒の鋭さにおいて、子規は一歩も怯んだところをみせていない」としている。

子規たち従軍記者は、金州城など激戦の跡を見て回ったが、五月八日に講和条約が批准され、日清戦争は終結を迎える。そのため、一行は十五日に大連の柳樹屯を、佐渡国丸で出港し帰国の途についている。

子規は実際の戦闘を取材する機会はなかった。しかし、先述のように従軍記者への待遇の悪さなどが災いし、心身ともに消耗してしまう。帰国の船上で大喀血し、症状を悪化させる。馬関まで帰着したところで、折悪しく船中の軍夫がコレラで死亡するということが起こり、一週間停船の命令が下った。この日から喀血が激しくなった。「船中の事で血を吐き出す器も無いから、出るだけの血は尽《ことごと》く呑み込んでしまわねばならぬ。」（柴田宵曲『正岡子規』）という悲惨な状況を我慢しなければならなかった。

五月二十三日、上陸後ただちに県立神戸病院に入院し、一時は危篤状態に瀕するような事態であった。七月二十三日に同病院を退院し、さらに療養のため須磨保養院へ移り、約一カ月を過ごすことになる。

その後、松山に帰りほぼ五十日滞在する。松山中学に赴任していた夏目漱石の下宿に転がり込んだのは、このときであった。大阪や奈良を廻り十月三十日に東京へ戻った。あの〈柿食へば鐘が鳴るなり法隆寺〉の句を得た旅でもある。

根岸の自宅は、じつに八カ月ぶりであった。

そして、年が明けた明治二十九年（一八九六）二月頃から床に伏せる日々が多くなる。結核が進行し骨を腐らせるカリエスにより左の腰が腫れ、その痛みに苦しむことになったのだ。

覚悟のうえとはいえ、こうした戦争との関わりがその後の子規に、大きな影を投げかけたのは明らかだ。

◆金州雑詩

子規は明治二十九年（一八九六）十月二十日の「日本人」第二十九号に、竹の里人という署名で「金州雑詩」と総称して、「金州城」「三崎山」「髑髏」「空村」「空屋」「若菜」「胡弓」という一連の新体詩を発表している。金州滞在中所感とことわったもの。当地で目にしたもの、折りに触れて感じたことをモチーフとしているという表明である。

金州城

わがすめらぎの春四月、
金州城に来て見れば、
いくさのあとの家荒れて、
杏の花ぞさかりなる。

四行で一篇を構成。まさに、〈金州城に来て見れば〉である。

ここには、郊外写生でつちかった姿勢が顔をのぞかせているではないか。対象に向き合う子規がいる。激しい戦闘に荒れ果てた家へ届かせるまなざしがある。国家間の争いによって、むき出しにされたこの人間世界の傷口。そのかたわらには、杏が満開の美しい姿を映えさせている。それは生を痛惜する鮮やかな姿なのだろうか。あるいは、蘇る生命への展望であるのか。

子規の潤いをおびた視線は、戦跡の杏の花が放つ生命の流露を、しなやかに受けとめている。しかし、それはわがすめらぎ（天皇）の春四月であることも、いまの読者が忘れてはならない視点であろう。子規が生きた時代であり、社会といえよう。

「三崎山」は全二十行の作品。〈国のため／君等が捨てし命こそ／誠に忠義の鑑なれ。〉と言い、〈君が意中を思ひやれば、／そぞろに胸のせまりつつ、／目ぶたに涙たたふなり。〉と瞑して思いをめぐらし、〈さもあれ、われら丈夫は／死すべき時に死するをば／誉れとすなり。なかなかに／羨しさよ、其最期。〉と、戦死者の義に光をあてようとしている。

金州城が落ちたのは君等のいさをなりと戦死者を弔い、〈とこしなへに立つ墓三基〉と結んでいる。戦意を高揚するというよりは、戦いに倒れた死者に寄り添い、応じようとする子規の声がある。彼らの人間としての尊厳を守ろうとする姿勢がうかがえる。

髑髏

三崎の山を打ち越えて
いくさの跡をとめくれば、
此処も彼処も紫に
菫咲く野のされかうべ。

これで全行。戦跡を訪れた子規の前には、野ざらしの〈されかうべ〉と一面に咲きこぼれる〈菫〉が広がっていた。生と死に遠く引き裂かれながら、そこに広がる光景を、子規はただ受けとめるだけであった。戦争の影は重く傷跡は深い。小さな生命を点す菫は、だからこそ、そこにあるだけで、子規の心を揺すぶるものであっただろう。

菫に対する自然な親しみの感情、親愛の思いは、野のされかうべの存在を焦点化していて、子規のまなざしの赴くところを示している。

空村

鵲《かささぎ》さわぐ枯木立、
夕日の光ひややかに、
山にかたよる一村の
寂寞として人もなし。

空屋

半ば崩れし道の邊の
家の檐端《のきば》にうるはしく
咲ける杏を目じるしに
帰り来にけん、つばくらめ、

去年の古巣を尋ねつつ
家内覗けばこはいかに、
竈《かまど》つめたく風寒く
主も兒《こ》も影を見ず。

戦争によって人影の絶えた村の荒廃。

鵲の声や夕日の光に、ある声を聴いてそこに意味を見出そうとする子規がいる。

〈寂寞として人もなし。〉というつぶやきは、その光景に直面した子規の呻吟そのものであろう。

その集落で、ただ燕だけが虚しく飛び交う空き家。

竈だけが暮らしの痕跡をとどめて冷たい風に晒されている。遼東半島で目にした風光は、戦禍の爪痕として子規の心に抱きとられている。ここにはその経験によって内面化された造形がくっきりと描きだされていて、子規の詩人としての感性の在り方が示されている。

「若菜」は十三行の詩篇。

〈金州の廓の外に〉無心に若菜を摘む少女の姿にまなざしを注いでいる。〈汝が家はいづくの程ぞ／汝が年はいくつになれる。〉と、その境涯に思いを馳せ、摘みとった若菜は〈汝が母にすすむる料か、／町に出でて代にかふるか。〉と思い遣る。

そして〈あはれこの子、国亡びしと／なれは知らずよ。〉と終わる。

あの郊外の散歩を思い出そう。対象と同化しようとする子規の姿勢が印象的だ。

ここまで見てきた、こうした数行の小品に湛えられているのは、清新で哀傷を帯びた詩情である。それは五七、七五の韻律によったものであり。その調べに子規の見聞が結晶したものといえる。初めて接する異国の風物は、子規の感性を瑞々しく洗っていった。

「陣中日記」にも、〈大国の山皆な低き霞かな〉〈一村は杏と柳ばかりかな〉〈永き日や驢馬を追ひ行く鞭の影〉などと俳句を多く詠み込んでいる。

◆子規の新体詩の可能性

「胡弓」は七十行に及び、戦い終えた兵士たちに、国に残した母や妻子への思いを語らせている。後半では胡弓や撃ち木で門付けをする乞食少年ふたりに、郷里の親しいものたちの姿を重ね、その歌声に平時の喜び、美しさ、悲しみを誘われ、命を惜しんで生きる日々のかけがえのなさに思いを返らせていく。じつに構成的な詩的表現となっている。

七五調の伝統的な韻律の調べによりながら、戦地に立たねばならなかった兵士たちの複雑な心情の襞へ分け入っていく。なつかしい故郷においてきた家族への思いを浮かび上がらせようと試みる詩篇である。

自然との調和にモチーフの重きをおくのではなく、当時の日本社会で生きようとする者の意識に迫る貴重な試みがなされていることに注目したい。末延芳晴も「同時代の他の詩的表現と比べて、この長詩が抜きんでて新しいのは、物語的要素と構造を重層的に取り込み、日本語による詩歌表現に新しい可能性を持ち込んでいるからである」（「子規の従軍新体詩」）と論評している。ある意味、形而上的思念を老木、御社、御像、藁火などの具象を通して語りながら、兵士たちの心の物語を仮構する手際が印象的である。

この詩の展開と密度は、後半部分の乞食少年たちの登場という転換をへて輝きをましていく。子規は、兵士たちの気持ちを思うに際して、自分がどんなふうに言葉にしても言いつくせないということを分かっていたのであろう。しかし、それを表すことが自分自身の詩的表現に求められるものであることも、誰より熟知していたに違いない。そうした難問を、叙述の転換によって、できうる限りの言い尽くしに近づけるよう取り組んでいる。

まさに正岡子規の詩人としての本領が発揮された作品である。

長詩の「胡弓」を読んでみよう。

胡弓

金州城の門の外、
立ち並ぶ木も年古りて
たふとく見ゆる御社に
詣でて見れば、きのふ迄
神とあがめし御像も
打ち砕かれて、其あとに

藁火もやしつ、一むれの
我が軍夫こそつどひたれ。
『国を出でしは去年の秋
菊つぼみたる程なりき。
母は別れを惜みつつ、
帰り来らん日をいつと
問ひ返されて、今さらに
慰めかねつ、「それよそれよ、
墨田の桜咲く頃に
土産荷ふて返るべし。」

誓ひしことは忘れねど
月日はわれにとどまらず。
はや春暮れて此国の
花もさかりと見るからに、
ただなつかしき故郷の
桜は雪と吹かるらん。
今や帰ると母人は

空しく立てる門の外。』

一人が言へば又一人
『われも在所に残し置く
妻こそ子こそいかにして
この一冬を凌ぎけめ。
金はおくれど返事無し。
文かかんには無筆なり。
最早いくさの終りぞと
聞くも嬉しや、昨日今日。』

折しも門にかちかちと
鳴らすは誰そと出て見れば、
乞食か知らず、門附か
知らず、二人の少年の
胡弓と撃ち木それぞれに
うちつかなでつ進み寄り
此方に向ひ辞誼するは

合力を乞ふ心にや。

故郷思ふ此頃は
人のあはれもよそならず。
汝は此地のものならん
いかなれば斯く浅ましき
姿とはなりはてたるぞ。
去年のいくさの其折に、
いとし親にや別れたる、
いとし妻にや別れたる。

梨の木蔭に佇《たたず》みて
彼はたくみにひきいでぬ。
悲しき声を振り立てて
歌ふを聞けばあはれなり。
少女は知らず亡国の
恨、と彼や歌ふらん、
国は破れて山河在り、

草木春、とや歌ふらん。

あはれを尽くす音楽に
神の心も動きけん、
黒雲低く舞ひ落ちて、
まだ此頃を冴え返る
渤海湾の風寒く
一吹き吹けば、ちらちらと、
胡弓取る手の其上に
ふり来る梨の花吹雪。

子規が新体詩を書いた時期は、明治二十九年（一八九六）から三十一年（一八九八）の三年間に集中している。それまでにもないではないが、それはほんの数篇だけ。三十年（一八九七）になってからは、押韻の試みにも取り組んでいた。

『新体詩抄』は明治十五年（一八八二）八月の刊行。日本近代詩の夜明けを告げたといわれる『若菜集』（島崎藤村）の刊行が明治三十年（一八九七）八月。そこには同二十九年（一八九六）から翌年三月にかけて「文学界」に発表した作品五十一篇が編まれている。

子規が旺盛に新体詩を制作した時期は、『若菜集』詩篇の発表時期に重なっている。粟津則雄は評伝『正岡子規』において、「彼が、新体詩革新の仕事を果しえなかったのは、おそらく、彼の資質が、新体詩にそぐわなかったためと考えていい。彼を新体詩に押しやった力は、やがて短歌において実り多い対象を見出すのである。」と述べている。

「新体詩を試み、さらにそれに厄介な押韻を課すことによって、このジャンルの奥に何か或る可能性を模索したのだろう」とも言い、その試みを押し進めることなく、「その実作にしても、残念ながらほとんど見るに足りるものはない。」としている。

しかしながら、「胡弓」一篇は、恋愛のもだえや芸術への憧れを甘美に歌った『若菜集』のような作風とはことなった内容や構成の可能性を示していて、新体詩の領域に広がりを加えるものといえよう。この詩篇はもっと評価されていい要件を備えた、子規の新体詩の代表作といいたい。

この明治二十九年（一八九六）といえば、先述したように子規の健康はカリエスにより蝕まれ、病勢は悪化の一途をたどりはじめる時である。

それを自覚した子規に残された時間に、やろうとすることは余りに多すぎる。

「胡弓」によって新体詩の革新にも、一筋の道を示していることだけでも意義深い貢献として評価したいと思う。

子規は自分の文章観について、つぎのように書いている。

日本文章は随分書き様多くていかに一定せんかとは諸大家の議論なるが、今この随筆の文は拙劣なるにも拘はらず不揃ひなるにも拘はらず　我思ふ儘を裸にて白粉もつけず紅もつけず　衣裳もつけず舞台へ出したるものなれば　其拙劣なる処、不揃ひなる処が日本の文章を改良すべきに付きて参考となることなしとせんやと笑ひたりき

これは「筆まか勢」第一編（明治二十二年）。『随筆の文章』という表題の一節である。当時は国語についても、大きな変革期にあった。詩歌の文章・文体に関しても、子規のこうした姿勢が「胡弓」のような意欲的な作を生みだしたに違いない。まず言いたいことを書く。

従軍時よりは後年のことになるが、子規は明治二十九年（一八九六）六月十五日の三陸大津波に際して、つぎのような新体詩を書いている。新聞社記者としての仕事という一面もあるだろうが、子規の詩意識が社会に向けて開かれたものであったことを示している。

三陸海嘯《かいしよう》

太平洋の水湧きて
奥の濱邊を洗ひ去る。
あはれは親も子も死んで
屍も家も村も無し。
　人すがる屋根は浮巣のたぐひかな

これは、「明治二十九年」として括られた二十一篇のうちの一つ。「日本」（明治三十年一月一日）に発表されたもの。

東北地震

奥の海荒れて人溺れ
出羽の地裂けて家頽る。
火宅の住居今さらに
心安くもなき世かな。
地震さへまじりて二百十日かな

という一篇もある。

さらに明治二十九年（一八九六）九月二十九日の「日本」紙上には、子規の筆になると思われる「海嘯」と題された俳句と文章がある。俳句は〈ごぼごぼと海鳴る音や五月闇〉〈若葉して海神怒る何事ぞ〉〈あら海をおさえて立ちぬ雲の峰〉など十四句だ。

病と向き合わねばならなかった子規。現地を取材しての仕事ではない。報道などをもとにした作品であろうが、とくに新体詩二篇は、その領域を拡げる萌芽を思わせるものだ。

子規は明治二十六年（一八九三）の夏、奥州を旅行して紀行文「はてしらずの記」を「日本」紙上に二十一回にわたって掲載していた。数年前に親しく旅した土地を襲った災害である。

今回、「3・11」の震災をめぐっても多くの人々から膨大なことばが発信された。言わなければ、書かなければという思いの迸りである。

かつて、子規は前述のように「拙劣なるにも拘はらず不揃ひなるにも拘はらず　我思ふ儘を裸にて白粉もつけず紅もつけず　衣裳もつけず舞台へ出したるもの」という、書かざるをえない思いで、筆を進めた。ここでも言わなければならないことを書いた。それは、従軍時の新体詩においても同様であったのだ。

◆国あり新聞無かるべからず、戦あり新聞記者無かるべからず。

帰国後の「従軍紀事」に見える子規の怒りの一端を引用してみよう。

士卒は以て己れの有の如く思ひ従軍記者は以て他人の家に寄食するが如く感ず。同じく是れ日本の国民なり。しかも軍人は規律の厳粛称呼の整正を以て自ら任ず、而して新聞記者を呼で新聞屋々々々といふ。新聞記者亦唯々として其前に拝伏す。軍人は自ら主人の如く思ひ従軍記者は自ら厄介者の如く感ず。感ずる者是か感ぜしむる者非か。斯く感ずる者是ならば斯く感ぜしむる者非なるべし。新聞記者を遇する宜しく亦是なるべし。斯く感ずる者非ならば斯く感ぜしむる者亦非なるべし。此の如くなるべきか。

（「日本附録週報」明治二十九年一月十三日）

明治政府と軍部は、兵士たちの勇猛な戦いぶりの報道を通じて、戦意高揚を図った。そのために多数の新聞記者による従軍取材を認めた。しかし一方では、記事の検閲も厳しく報道の自由が保障されていたとは言い難い。記者たちの社会的使命感との衝突は免れなかった。子規の従軍行の場合、輸送船では日の射さない甲板下の狭い貨物室で、記者と兵士たちが寝起きを共にせざるを得なかった。そうした状況下、軍が記者を軽視して兵卒並みに扱うことでも数々のトラブルを生じたのだ。

「従軍紀事」を読むと、以下のようなことが述べられている。

概述してみよう。同僚記者が担当の曹長から受けた不当な扱いに対して、子規は抗議の談判を要求している。同行の僧侶や神官と比べても取り扱いが理不尽との思いも加わっている。申し入れの対応に、非常に不満であった子規は帰国をも考えた。

しかし、「陣中にやごとなき君の在《おわ》しけるが、常に吾等に勧めて今暫らくこゝに留まるべし」（「日本附録週報　明治二十九年二月十日」）と記しているように、おそらくは旧藩主である久松定謨伯爵の仲介、とりなしがあって、思いとどまったようである。

子規にしてみれば、病身を押してでも明治日本の戦争に身を捧げる志が、こうした事態によって裏切られたという思いが強くあったに違いない。

おおかたの記者が似たような不愉快な目に遭っても、軍から睨まれたり関係を悪くすることを恐れて忍従するなか、子規には強い覚悟をもって事態に向き合う姿勢があったのだ。

帰国後には、「従軍紀事」でわざわざ具体例を上げながら、七回にわたる連載で論難を続けている。連載最後は「新聞記者の待遇一定せざるが為めのみ」と二度繰り返して筆をおいている。

政府や軍に対しても怯まぬところをみせる子規。

そんな子規のもう一つの新体詩を最後に引いて、この章を閉じたいと思う。

この詩は竹の里人の名で、明治二十九年（一八九六）九月五日の『日本人』第二十六号に発表された。

戈《ほこ》は長い柄の先に両刃の剣をつけた武器。この詩篇では戈に戦《いくさ》を象徴させて題名としているのであろう。

戈

来れ君だち。　われ〳〵は
敵の重囲の中に在り。
味方はわづか十余人
たとひ鬼神の勇ありとも
逃れいづべきやうあらじ。
さもあらばあれもののふの
敵に捕はれおめ〳〵と
恥を異国にさらすべき。

われ等を尋ね敵軍の
来るをこゝに待ち伏せし、
身をもて迫りて、日頃夜頃
鳴りに鳴りたる宝刀の
やいばの冴えを試みん。
やがて彼等の寄する迄
この森蔭に隠れ居て
静かになごり語るべし。

家の閾《しきい》を出づるより
君にさゝげし命なり
生きて再び帰らじ。と
別れを惜むわが妻に
誓ひしことも今さらに
思ひ出されぬ。いさぎよき
最期を遂げて名を揚げん。
ひけを取るな。人々よ。

寄せたり。寄せたり。敵そこに
覚期《ママ》は善きか。いざ進め。
日本刀の斬れ味を
見するはこゝぞ。退くな
斬れ。斬れ。左を斬り払へ。
斬れ。斬れ。右を斬り払へ。
近よる程は近よりて
斬らるゝ迄は敵を斬れ。

あはれ弱卒、さんざんに
伐り立てられて引きしかど、
新手寄せなばいかにして
手負のわれら防ぐべき。
来れ君だち。いざこゝに
並んで腹を屠るべし。
神州男児万々歳。
神州男児万々歳。

人を人たらしめるものとは何だろう。

子規は「胡弓」では自国の兵士とともに戦地における他者にも関心と思いやりを示していた。しかし、ここでは神州男児万々歳、このナショナリズムに自らを閉じこめてしまっている。〈斬れ。斬れ。左を斬り払へ。／斬れ。斬れ。右を斬り払へ。／近よる程は近よりて／斬らるゝ迄は敵を斬れ。〉という詩句の前で呆然と佇立せざるを得ない。

自らの心の底深くにある言葉をすくいとって、他者に手渡す。その一瞬に深く降りていくという詩人本来の姿勢が、この詩では崩れてしまっている。戦争に狂奔する国家、社会という共同体に埋もれただけの発語であろう。

富国強兵という大きな流れが統《す》べる時代。

西欧列強の帝国主義を追随する政府。戦争は、近代日本社会が初めて経験することであった。新しい国、社会を立てるという希望が明るく輝いているが、その影にまでまなざしを届けることは難しい。時代の明暗を見つめることは、詩人本来の役割の一つである。しかし、一人の人間がそこに棹さして踏みとどまるということは容易ではない。

子規にもっとも近しい陸羯南は、「国民の離合を決するの大勢たるものは国語なり」と前置きしてこんなことを主張している。

遠征軍の捷報は益ゝ繁多にして新版図の地境は益ゝ拡張したり。此新版図に属する幾百万の外民をして皇恩の厚きを感ぜしめんには速かに日本語の知識を普及するの外なかるべし。特に彼等をして長く我国に臣従せしめ、我国人と休戚を共にするの意向を起さしめんには、先づ我国語を教へて我れの思想及感情を注入せざるべからず。是れ我民政庁の一大任務なり、是れ我在外国民の一大義務なり。

（「日本」明治二十七年十一月二十六日）

日本語を、他国、他民族に強いることに無神経であり、その痛みに思いを及ぼさない発言である。こうした時代であったのだ。羯南も子規も、その時代を生きていた。

現在という地点から考察して、一方的にこの詩篇や文章を糾弾するつもりはない。

ただ、ある事態が孕む在り方にまなざしを注ぎ、それを手がかりに私たちは、進むべきこれからをまっとうに考えるよすがとして、しっかり向き合いたいと思う。

参考文献

『子規全集』第八巻・漢詩　新体詩（講談社）昭和五十一年
『子規全集』第十巻・初期随筆（講談社）昭和五十年
『子規全集』第十二巻・随筆二（講談社）昭和五十年
粟津則雄『正岡子規』（講談社文芸文庫）平成七年
柴田宵曲『評伝正岡子規』（岩波文庫）昭和六十一年
坪内稔典『正岡子規』（岩波新書）平成二十二年
末延芳晴『従軍記者正岡子規』（愛媛新聞）平成二十一年十一月二十三日～同二十二年十二月五日

唱歌と軍歌　大和田建樹

大和田建樹（おおわだ　たけき）
安政四年～明治四十三年（一八五七～一九一〇）

◆夕空はれて　あきかぜふき

京都から官軍は、〈宮さん宮さん　お馬の前に　ひらひらするのは…〉と歌う「トコトンヤレ節」を奏でる洋式鼓笛隊の響きとともに東上した。

郵便制度、電信電話、ガス燈、陸蒸気《おかじょうき》!

新政府は文明開化を旗印に、新しいものを取り入れて、人々を賛嘆させる。殖産興業、富国強兵と西洋に追いつけ、追いこせの「明治」という新時代が形成されていった。そのさきがけとして歌われたといっていいだろう。

宮さん宮さん　お馬の前に
ひらひらするのは何じゃいな
トコトンヤレ　トンヤレナ
あれは朝敵征伐せよとの
錦の御旗じゃ知らないか
トコトンヤレ　トンヤレナ

作詞は品川弥二郎、作曲は大村益次郎と伝えられる。長州の大村は、蘭学に通じていたから洋式鼓笛を耳にしていたかも知れない。しかし、定かではない。京都祇園の芸妓中西君尾が節をつけたという説もある。

はっきりしているのは、これが人々におおいに歌われたこと。新しい時代の到来を知らせ、受け入れさせるようになったのである。

ロジックより、エモーショナルなものの力。民衆の口ずさむ旋律は、広く浸透していくのである。やがて自由民権運動とともに、その主張を演説代わりに歌う「演歌節」が民衆のなかから生まれる。

いっぽう新政府は、明治五年（一八七二）に新しい学制を施行。

明治十二年（一八七九）には「音楽取調掛《おんがくとりしらべがかり》」が設けられる。いまの東京芸術大学音楽部である。責任者に任命されたのは伊澤《いさわ》修二。音楽取調掛は唱歌をつくり忠君愛国思想を涵養《かんよう》しなければならなかった。明治十四年（一八八一）十一月『小学唱歌集』からはじまり、昭和二十年（一九四五）八月の敗戦までに数多《あまた》の作品を生み続けることになる。新しい時代にふさわしい情操の陶冶《とうや》を試みたのだ。

伊澤は米国留学中に音楽教育を学んだボストンの有名な教育家ルーサー・メーソンを招聘した。メーソンはアメリカの学校で歌われているスコットランド民謡などのなかから選曲し、それに国文学者で和歌をよくした者が歌詞をつけていった。「螢の光」（スコットランド）「蝶々」（スペイン）「霞か雲か」（ドイツ）などである。

というのも、このころは作曲できる力を持った日本人が、まだまだ育っていなかったからだ。

しかし、作詞においては人材に事欠かなかった。そうしたなか、豊かな詞藻に恵まれてこの時代を伴走、伴奏した一人が大和田建樹である。

故郷の空

夕空はれて　あきかぜふき
　つきかげ落ちて　鈴虫なく
おもえば遠し　故郷《こきょう》のそら
　ああ　わが父母《ちちはは》　いかにおわす

すみゆく水に　秋萩《あきはぎ》たれ
　玉なす露は　すすきにみつ
おもえば似たり　故郷の野辺《のべ》
　ああ　わが兄弟《はらから》　たれと遊ぶ

これは『明治唱歌』（大和田建樹・奥好義選）のなかの一つ。明治二十一年（一八八八）から二十三年（一八九〇）までの間に第一集から第六集まで発行している。「故郷の空」は、そのなかで現在に至るまで多くの人に親しまれ愛唱されている歌の一つである。

周知のように原曲はスコットランド民謡。大和田建樹は国文学者、歌人、詩人。宇和島藩士・大和田水雲の子として生まれ、藩校明倫館で儒学、国学を学んだ。広島外国語学校で英語を学び、明治十二年（一八七九）上京して交詢社、東京大学で書記をつとめる。この間に国文学の他にドイツ語、ラテン語、博物、哲学を独習した。

東京大学古典講習科講師をへて東京高等師範学校教授（現筑波大学）となる。能楽にも造詣が深く『謡曲通解』などの著作がある。古歌や和漢の故事を織りこんだ謡曲に親しんでいた建樹の素地が、七五調を基調とする縦横無尽な措辞を生みだした要因であろう。

国文古典、新体詩の大衆化に果たした功績はおおきく、その著作は九十七種百五十一冊といわれる。なによりも、〈汽笛一声新橋を　はや我汽車は離れたり…〉の鉄道唱歌の作詞で知られる。

明治という時代の新たな政治構造の設立と強化は、政府のイニシアティヴのもとで、国民的な感受性の部分まで及んでいたことが分かる。

「故郷の空」の歌詞にみられるような、自然環境というか景観の空間構成によって、帰属すべき故郷が描かれる。国民的統一の基盤を固めることが図られている。日本人としてのアイデンティティの具現がノスタルジーに染め抜かれて定着していくのだ。

心情を巧みに風景に調和させる〈夕空はれて　あきかぜふき／つきかげ落ちて　鈴虫なく〉という伝統的なモチーフに導かれて、偲《しの》ばれる〈おもえば遠し　故郷のそら〉。農村人口の流出がはじまった社会現実のなかで、老いていく両親を想起して〈いかにおわす〉と終わり、人々の心を揺さぶる。

国家の意思が、個人の心情に語りかけ、それを一般化して国民的感情を醸成していく。

こうした唱歌創作に関わった大和田建樹。子規もそうであるが彼ら自身の資質をこえた、時代の運命といったようなものに洗われているといえよう。

他にも「舟あそび」「あわれの少女」「旅泊」などや歴史上の人物、エピソードをモチーフに「菅公」「牛若丸」「青葉の笛」など、建樹は多くの唱歌を書いている。前述のように、彼は故事を踏まえるなど、豊かな国文学の素養を生かし、七五調に乗せて多くの歌詞を紡ぎだしたのだ。十分に持ち味を発揮した仕事を重ねている。

長くなるが、散歩唱歌を引いてみよう。

ここでは、歴史的に由緒ある名所旧跡の素晴らしさを描くのではなく、どこにでもある身近な風景を四季のうつろいとともに描いて、新しい時代の景観を印象づけたものではないだろうか。これも建樹の力である。

散歩唱歌

春

一　来《きた》れや友よ　打《うち》つれて／愉快に今日は　散歩せん
日は暖かく　雲はれて／けしき勝《すぐ》れて　よき野辺《のべ》に

二　空気の清き　野にいでて／唱歌うたわん　もろともに
急げ　花ある処《ところ》まで／急げ　草つむ処まで

三　見返るあとに　霞《かす》みつつ／立てるは　村の松の影
吾《われ》行く先に　心地よく／躍るは　川の水の声

四　踏めば　音ある板橋を／渡る袂《たもと》に　吹き来るは
　もつれし土手の　糸柳／ときしあまりの　春の風

五　黄なる菜のはな　青き麦／錦《にしき》と見ゆる　野のおもの
　ここやかしこに　おりのぼる／雲雀《ひばり》のうたの　おもしろさ

六　長き日ぐらし　舞い狂う／ちょうちょうは　羽も疲るらん
　暫《しば》しは休め　ここに来て／吾等も休む　芝原に

こうした叙景が十五まで続く。夏は一から十、秋も十五まで、冬が十までと延々と記され、つぎのように終わる。

十　六日の学科　怠らず／勉《つと》めて遊ぶ　楽しさを
　知るか　小川の水までも／われをむかえて　歌うなり。

多くの日本人の心に潜んでいる原風景ともいうべきものが、ある種の幸福感・充足感に包まれて展開している。むりなく帰属感にもつながるものだ。最後は勉学への啓蒙で終えることもそつがない。作曲は多梅稚《おおのうめわか》。

ここで注目したいのは、このように穏やかな時空を現出させる建樹の筆は、並行して多くの軍歌を生んでいることだ。近代化への途についたばかりの明治という時代において、それは疑問をはさむ余地もないことであったのだろうか。

日本の開国は、アメリカの初代領事であったハリスによって平和的に進められた。しかし、その背後には、ペリー率いる黒船の衝撃やアロー戦争、英仏軍の脅威があったことを抜きには考えられないはず。十九世紀の国際政治は、列強の砲艦外交に象徴される。幸い、日本は植民地化されることはなかった。欧米の民主主義や産業文明を学び、帝国主義国家としての道をたどったのだ。

しかし、日清戦争後の三国干渉は日本社会へもさまざまな影響を及ぼした。勝利によって、割譲されるはずであった遼東半島はロシア、ドイツ、フランスの力によって阻止された。

たとえば、徳富蘇峰はそれを「力の福音の洗礼を受けた」と表現した。

蘇峰は西欧文明導入によって近代化すべきは、官僚や貴族ではなく生産を担う人々であるべきとして、平民主義を主張していた。しかし、この三国と戦う力がなかったという現実から、以後の蘇峰は国家主義的な傾向をもちはじめる。国際間の力の政治に覚醒したわけである。

富国強兵は唱歌も軍歌も必要としたのであった。

◆すつる命は、君のため

建樹は多くの軍歌を創作し、最晩年には海軍省嘱託となる。しかし、唱歌でも歴史に材をとった、左記のような作品を書いて人気を博している。

四条畷

一　吉野を出《い》でて、うち向《むこ》う、／飯盛山《いいもりやま》のまつかぜに、
なびくは雲か白旗か。／ひびくは、敵の鬨《とき》の声。

二　あな、物々《ものもの》し、八万騎。／大将師直《もろなお》いずくにか。
かれの首《こうべ》を取らずんば、／ふたたび生きて還《かえ》るまじ。

三　決死の勇にあたりかね、／もろくも敵は崩れたち、
一陣、二陣、おちいりて、／本陣危《あやう》く見えにけり。

四　めざすかたきの師直と、／思いて討ちしその首《くび》は、
敵のはかれるいつわりか。／欺《あざむ》かれしぞくちおしき。

五　なおも屈せず追うてゆく。／されど、身方《みかた》は小勢《こぜい》なり。
あらての敵は、遠巻に、／雨のごとくに矢を注《そそ》ぐ。

六　今はやみなん。この野辺に／すつる命は、君のため。
なき数《かず》に入《い》る名をとめて、／いでや、誉《ほまれ》を世にのこせ。

七　枕ならべて、もろともに、／一族郎党《いちぞくろうとう》ことごとく、
消えし草葉《くさば》の露の玉、／光は千代《ちよ》をてらすなり。

八　今も雲居《くもい》に声するは、／四条畷《しじょうなわて》のほととぎす。
わか木《ぎ》の楠《くす》のかぐわしき／ほまれや人に語るらん。

『太平記』に描かれた四条畷の合戦に材をもとめたもの。南朝方の中心となり、幼い後村上天皇を支えて散った忠臣・楠木正行《くすのきまさつら》の戦いぶりを歌っている。足利方の大将、高師直を追いつめた際に、上山六郎が師直の身代わりとなり欺かれた話しなどを詠い、衆寡敵せず二十三歳で倒れた正行の最期が語られていく。

小山作之助の曲も日本人が好む悲壮感を美しく盛り上げ、建武の中興の精神が歌唱を通して高揚される作品として仕上がっている。まさに忠君愛国精神を称揚するもの。

楠木正行は明治維新において尊皇思想の範とされ、明治二十三年（一八九〇）には正行を主祭神とする四条畷神社が、いまの大阪府四条畷市に創建されている。

これは明治二十九年（一八九六）の作。作曲は先述の通り、小山作之助。

◆愛国的国民感情の生成

日本で多くの軍歌が作られるようになったのは日清戦争のころ。

明らかに、当時の戦争に沸騰する国民感情の反映である。ここでは歌詞を通して考えているが、作曲について少しだけ触れておくと、ほとんどの軍歌は四分の二、あるいは四分の四拍子であり、ヨナ抜き五音長音階が基本であった。昂揚し躍動するのである。

「花」「箱根八里」「荒城の月」などで知られる滝廉太郎（明治十二年〜三十六年）にも「我神州」という軍歌がある。

二十三歳で結核のため夭折した彼も時代の動きと無縁ではなかった。

「我神州」は、明治二十九年（一八九六）に発表された処女作「日本男児」（作詞東郊）を、小山作之助が添削指導して、改作したもの（辻田真佐憲『日本の軍歌』）。

「日本男児」は原田重吉、木口小平《きぐちこへい》とその上官松崎直臣を讃えた作品。

原田は平壌包囲の折に、決死隊勇士の一人として武勲を上げた陸軍工兵一等卒。木口は陸軍の喇叭《らっぱ》手として、日清戦争で銃弾を浴びながら、死してラッパを放さなかったとされた人物。松崎は木口の属する中隊の隊長であり、日清戦争の戦死者第一号という。

滝廉太郎も彼が生きた世相を反映した創作をしていたのである。

このような武勇伝に材をとったのが、大和田建樹『広瀬中佐』（作曲納所弁次郎）である。日露戦争で旅順港に立てこもるロシア艦隊の無力化をはかり、水路に汽船を沈めて湾口を封鎖しようとする作戦。その折りの広瀬武夫の武勇伝である。見当たらぬ部下を案じて、被雷して浸水する船に戻って捜したが、諦めてボートに移ったとき広瀬は敵弾をうけ絶命する。

一　一言一行《いちげんいっこう》いさぎよく　日本帝国軍人の
　　鑑《かがみ》を人に示したる　広瀬中佐は死したるか

二　死すとも死せぬ魂は　七たびこの世に生れ来て
　　国のめぐみに報いんと　歌いし中佐は死したるか

三　我は神州男児なり　穢《けが》れし露兵の弾丸に
　　当るものかと壮語せし　ますら武夫は死したるか

四　国家《くに》に捧げし丈夫の身　一死は期したる事なれど
　　旅順陥落見も果てぬ　憾みは深し海よりも

五　敵弾礫と飛び来る　報国丸の船橋に

忘れし剣を取りに行く　その沈勇は神なるか

六
閉塞任務事終わり　ひらりと飛び乗るボートにて
竿先高くひらめかす　ハンカチーフに風高し

七
逆巻く波と弾丸の　間に身をば置きながら
神色自若帰り来し　中佐の身体は皆胆か

八
再度の成功期せんとて　時は弥生の末つ方
中佐は部下ともろ共に　勇みて乗り込む福井丸

九
天晴れ敵の面前に　日本男子の名乗して
卑怯の肝をひしがんと　誓ひし事の雄々しさよ

十
かくて沈没功なりて　収容せられし船の内
杉野兵曹見えざれば　中佐の憂慮ただならず

十一
又立ち帰り三度《みたび》まで　見めぐる船中影もなく

答ふるものは甲板の　上まで浸す波の声

十二　詮方なくて乗り移る　ボートの上に飛び来るは
　敵のうち出す一巨弾　あなや中佐は打たれたり

十三　古今無双の勇将を　世に失ひしは惜しけれど
　死して無数の国民を　起たせし功は幾許ぞ

十四　屍は海に沈めても　赤心とどめて千歳に
　軍の神と仰がるる　広瀬中佐は猶死せず

軍神として称揚されることとなった広瀬中佐は、数多くの歌に歌われた。文部省唱歌では、尋常小学校四年生用として教えられた。

轟《とどろ》く砲音《つつおと》　飛び来る弾丸《だんがん》。荒波洗ふ　デッキの上に、
闇を貫く　中佐の叫び。「杉野は何処《いずこ》、杉野は居ずや。」

これはその一番の歌詞。教室でこどもたちが歌い続け、この唱歌の方が広く世間に知れ渡ったよ

うだ。ただ、海軍内では建樹の歌の方がよく歌われたという。さらに、建樹は田村虎蔵の作曲で「軍神広瀬中佐」という作品も発表している。

明治三十七年（一九〇四）、建樹は日露戦争開戦直前に「日本海軍」を発表。二十番まである歌詞に、海軍艦艇の名前を詠いこんでいる。たとえば、一番は〈四面海もて囲まれし　わが「敷島」の「秋津洲」　外なる敵を防ぐには　陸に砲台海に艦《ふね》〉という具合である。「厳島」「高千穂」「高雄」「高砂」「新高」「八雲」「出雲」「八重山」「比叡」「愛宕」等々、八十七もの艦艇の名がつらなる。

宣戦布告の翌々日には「日露軍歌」を発行。

セントピートルスボルグの　街に露兵の影たえて
響くは日本軍歌の譜　天皇陛下万々歳

セントピートルスボルグはサンクト・ペテルブルグのこと。敵国の都をも落とすと意気込む大言壮語ぶりである。

同年七月には「日本陸軍」を発表。こちらは、番ごとに「出征」「工兵」「砲兵」「騎兵」「凱旋」などとテーマを設けて構成している。作曲は深沢登代吉である。しかし、これは「四千余万」という彼の既存の曲に、歌詞をあてたものであった。

出陣

天に代りて不義を討つ　忠勇無双のわが兵は
歓呼の声に送られて　今ぞ出で立つ父母の国
勝たずば生きて還らじと　誓ふ心のいさましさ

出征兵士の見送りは、日清戦争のころから、旗幟《のぼり》を立てて行列し、氏神神社に詣で武運長久を祈り、村境や最寄りの駅まで送るということが一般的であった。建樹のこの歌は日中戦争のころまで盛んに歌われたという。

ほかにも建樹作の軍歌は数多い。「黄海海戦」、「威海衛襲撃」、「閉塞隊」等々である。左記に引くのは、日露戦争における日本海海戦の勝利を歌い上げたもの。

日本海海戦（海路一万五千余浬）　（作曲　瀬戸口藤吉）

一　海路一万五千余浬　万苦を忍び東洋に
最後の勝敗決せんと　寄せ来し敵こそ健気なれ

二　時維《こ》れ三十八年の　狭霧も深き五月末
敵艦見ゆとの警報に　勇み立ちたる我が艦隊

三　早くも根拠地後にして　旌旗《せいき》堂々荒波を
蹴立てて進む日本海　頃しも午後の一時半

四　霧の絶間《たえま》を見渡せば　敵艦合せて約四十
二列の縦陣作りつつ　対馬の沖にさしかかる

五　戦機今やと待つ程に　旗艦に揚がれる信号は
「皇国《みくに》の興廃この一挙　各員奮励努力せよ」

六　千載不朽《せんざいふきゅう》の命令に　全軍深く感激し
一死奉公この時と　士気旺盛に天を衝く

七　第一第二戦隊は　敵の行手《ゆくて》を押さえつつ
その他の戦隊後より　敵陣近く追い迫る

八　敵の先頭「スウォーロフ」の　第一弾を初めとし
彼我の打ち出す砲声に　天地も崩るる斗《ばか》りなり

九　水柱白く立ちのぼり　爆煙黒くみなぎりて
戦《たたかい》愈々《いよいよ》たけなわに　両軍死傷数知れず

十　されど鍛えに鍛えたる　吾が艦隊の鋭鋒に
敵の数艦は沈没し　陣形乱れて四分五裂

十一　いつしか日は暮れ水雷の　激しき攻撃絶間なく
またも数多《あまた》の敵艦は　底の藻屑と消えうせぬ

十二　明るく晨《あした》の晴天に　敵を索《もと》めて行き行かば
鬱稜島《うつりょうとう》のほとりにて　白旗揚げし艦《ふね》四隻

十三　副将ここに降を乞い　主将は我に捕らわれて
古今の歴史に例《ためし》なき　大戦功を収めけり

十四　昔は元軍十余万　筑紫の海に沈めたる
祖先に勝る忠勇を　示すも君の大御陵威《おおみいつ》

十五　国の光を加えたる　我が海軍の誉れこそ
　　千代に八千代に曇りなき　朝日と共に輝かめ

勝利に沸く人々の心を掴み、その酔いを増幅していったのだ。

この後も日本社会に、軍歌は数多く生まれることとなる。一種の流行歌としてこどもから大人に親しまれる大衆音楽としての位置を形成していく。

こうして見ると、大和田建樹は明治国家の可能性に情熱を注ぎ、国に寄り添った文学者であった姿がくっきりと浮かび上がってくる。当時の大部分の国民もこぞって日清、日露の戦争を受け入れていたのである。

建樹の唱歌と軍歌はひとつにつながったものであり、まさに時代の子であったのだ。軍国美談を称揚し、人々がすすんで一身を犠牲にして戦うことを勧奨する役割を、彼自身の没後も長いあいだ担い続けたといえる。

◆歴史は完結していない

多くの人々にとって、戦争との出会いはいつのまにか気がつけば、その渦のなかにいたと思えるようなことではないだろうか。戦争体験者の方々に昭和初期の暮らしを回顧していただくと、普通の日常を送っていたが、いつのまにか戦争に向かっていったという印象が強い。

ときには熱狂して賛美するが、無意識的に無意志のままにつながってしまう。そうして結果として被害者になる場合もある。

大和田建樹の唱歌が、人々の懐郷の念を心地よく揺すぶったように、軍歌もまた無意識にそうしたものに寄り添う思いを作り上げたであろう。

多くの矛盾を抱える人間という存在の不思議について考えさせられる。

たまたま、作家の五木寛之『わが人生の歌がたり　昭和の哀歓』を読んでいて、こうした人間存在の複雑さについて、考える叙述にであった。

わたしはときどき、寝付かれない折りに「ラジオ深夜便」という番組に耳を傾ける夜がある。この本は、そのトークが書籍化されたもの。懐かしい流行歌に関わって、五木寛之が語る自伝でもある。

五木は中学一年生のとき朝鮮半島で敗戦を迎えた。引き揚げまでの過程で母親を亡くしている。ソ連兵が自宅へ略奪にやってきて悲惨な思いにまみれた経験にも直面した。母の死に茫然自失して、まったく頼りにならなくなってしまった父に代わり、十四歳の彼が、弟や妹の面倒をみて一家を支えたのだ。

街に出ていろいろな仕事を見つけ働いた。ソ連軍の将校たちの宿舎で薪割りや掃除、靴磨きなどの下働きをしてパンや肉にありつく日々。

そんな日々、野放図で粗野な連中と思っていたソ連兵たちの、別の一面に遭遇して驚き、ショックを受けたという。

それは彼らの歌声であったという。

軍規などあるのか、と思うような狼藉も平気な兵隊たちが、一日を終えて兵営に帰るとき、隊列を組んで歌を歌いながら歩いてきた。

少し長くなるが、同書からここに引いてみたい。


誰かがソロで歌うと、次の人が高い声で合わせていく。ものすごく低い声がそれに重なっていって、自然に三部、四部合唱になっていくのです。その音色の美しさはこの世のものとは思えないほどでした。

私たちは和音とかハーモニーというものをほとんど知らずに育っていましたから、もうびっくりして彼らの合唱を聴いたものです。ああいうけだもののような連中がどうしてこんな天使のように美しい歌を歌えるんだろうと、ショックを受けました。

これは私にとって発見でしたが、同様に、ものすごく複雑な気持ちにもなったものです。美しい音楽や歌というものは、美しい魂や美しい心の持主から生まれるものだと、普通は考えるのですが、そうともかぎらないと思い知ったからです。

アウシュヴィッツの記録に『死の国の音楽隊』という有名な本があります。そこには、日々たくさんのユダヤ人の命を物のように処理していたドイツ人の高級将校たちが、土曜の晩にはとても幸せそうに、涙を流して感動しながらクラシック音楽を聴いていたと書いてあります。

ここには、すべての人間が抱えている真実が述べられているだろう。世界各地で戦争、武力紛争、テロが絶えない。一方で日本は戦後七十年の平和を築いてきたという事実もある。

歴史は完結していないと言われる。おおかたの歴史書は、すべて終わったように書かれている。しかし歴史というものは、現在へのさまざまな問いを投げかけて、今に及んでいるという意味においてである。

日清、日露戦争から先の大戦へ、そして唱歌と軍歌のたどった道。そうしたことの意味を、これから先の世代へ手渡すとき、未来への可能性とつないで考えることが、私たちが為すべきことであると思う。

参考文献
『日本歌唱集』日本の詩歌別巻（中央公論社）昭和四十三年
堀内敬三・井上武士編『日本唱歌集』（岩波文庫）昭和三十三年
辻田真佐憲『日本の軍歌』（幻冬舎新書）平成二十六年
五木寛之『わが人生の歌がたり　昭和の哀歓』（角川書店）平成十九年

詩人伍長　尼崎安四

尼崎安四（あまさき　やすし）
大正二年～昭和二十七年（一九一三～一九五二）

◆五年にわたり南洋を転戦

満三十八歳十ヵ月で早世した尼崎安四《あまさきやすし》について、その名を知る人は、あまり多くないかも知れない。しかし、残された詩篇の清冽さ、それにこめられた深い思索の光溢れる詩人の思いは、強く人々の心をとらえるものだ。

安四は復員後、夫人の郷里であった愛媛県西条市で暮らした。だが残念なことに、骨髄性白血病のため、新居浜市別子住友病院で最期を迎える。昭和二十七年（一九五二）五月五日であった。弥生書房から、定本『尼崎安四詩集』が刊行されたのは、昭和五十四年（一九七九）のこと。詩人が世を去って三十年近い歳月をへている。

安四には、生前自らノートに清書した未刊の詩集があった。「微笑と絶望」、「微塵詩集」と表題された二冊である。昭和二十一年（一九四六）か、二十二年（一九四七）の初めに彼は日記やノート類のほとんどを焼却し、それ以外の詩篇を処分してしまったという。定本『尼崎安四詩集』は、そのノート二冊の作品を中心に編まれた。

「微塵詩集」の扉には、YASUSI　AMASAKI　と記されていた。したがって、本名は尼崎（あまがさき）であるが、詩人としては（あまさき　やすし）とされる。

安四は昭和十六年（一九四一）一月に入営する。七月に二十八歳になる冬のこと。兵庫県加古川編成野戦高射砲四十四大隊であった。

その前年、京都帝国大学文学部英文科に学んでいた安四は、卒業試験を放棄している。詩集年譜・

昭和十五年（一九四〇）の項には、「京大卒業を放棄。（一つだけ残った試験の当日、妻と富士正晴がひきずるように教室に入れたのだが、そのまま抜けて裏口から遁走した。）」と、ある。

昭和十三年（一九三八）の項には、「高橋涼香と結婚」と記されている。夫人は矢ヶ崎恒子の筆名をもつ詩人。十二月には長女に恵まれた。

年譜には、（制度上、安四には、その学歴から将校への道が開かれていたが、望まず、二等兵として戦地に赴く。）との記載もある。

十六年八月には満州牡丹江へ送られる。十二月の開戦とともに南洋パラオに転じている。さらに、フィリピンのダバオ、ボルネオのタラカン、バリクパパンへ。ついでジャワ本島、チモール島クーパンに転戦。西部ニューギニアのカイマナ、オーストラリア北部ケイ群島のワリリル、ラングールとめまぐるしく戦場を移して、そのラングールで終戦を迎えた。三十二歳となっていた。足かけ五年にわたる戦歴である。最終階級は伍長であった。

わたしが驚くのは、安四がこの戦場での日々に幾人かの文学好きの人たちに出会い、階級をこえて一つの友情圏を形成していることである。死と隣り合わせの日々であればこそ、彼らはその交友に自らの心を解き放つことができたというべきか。

定本『尼崎安四詩集』を装幀した土居淳男も、その戦友の一人である。土居が同詩集の附録・栞に寄せた文章には、「私達四人は割によく顔を合わせる機会が持てた。月と草の匂いと潮騒が、時に戦場を忘れさせた。」とあり、感慨を覚えさせる。

たった一度きりの人生を、しかも二度とない青春の日々を、逃れることのできない兵役につかざるを得なかった若者たちの、奇跡のような交歓ではないか。

土居は栞の文章に、こんな思い出を綴っている。要約してみよう。

ある日、たまたま二人の用務が同じ方面に向かわせることになったのか、連れだって島内を歩くことになった。広い野原の径を通り抜けながら、ときおりキリスト像やマリヤ像の白い石膏造り風の塑像を見かけたのであった。土居は、同じ合掌するなら、稚拙さが親しみにも通じる郷土の地蔵や野仏の方が好ましいと思えたという。

もともと彼は、血を流すキリスト受難の姿などより、仏像の方に救われる思いを強くうけるような青年であった。いつの日か、生あって故国に帰れたら、一緒に古都の仏たちを訪ねたいなどと話しながら歩を進めたという。

安四はそのとき、どこで調べたのか、この島に来ていたドイツ人宣教師がバイブルを島の言葉に訳して布教に務めていたことを話しながら、爆撃の目標になる理由だけで、教会の塔や建物まで倒してしまった自軍の所業を話題にのせたのだ。

この文学好きメンバーで、従軍五年の歳月をともにした山田利三（句塔）は同じ栞で、「安四は優秀な砲手であったが、時に反軍的な言葉をもらすことがあって、中隊幹部からは要注意の兵とされていた。部隊がチモール島にいた頃彼は、日本は最終的に負けると放言して、班長や古兵の憤激を招いたことがあった。制裁をうけても信ずることは黙っていられなかったのであろう。」と語っている。

同じ文章で山田は、つぎのようなことも明かしている。日米開戦の翌春のこと。

天長節の四月二十九日は、バタビヤ全市が日の丸の旗で埋まった。兵隊は戦勝気分に酔っていた。この時期に安四は「バタビヤのある和蘭人の友へ」という詩を作っている。敵国のオランダの文化や芸術に、畏敬の念をもって書かれたヒューマニズムに富む作品であった。この作品を読んだときの深い感動は今も忘れない。

山田や安四は中部ジャワ作戦に参加。オランダ軍の全面降伏によって首都バタビヤ（現在のジャカルタ）に入っていたときのエピソードだ。残念ながら、この詩は定本詩集にもなく、未見である。

山田は、栞でこうも語っていて感慨深い。安四をはじめ文学に心を寄せる友を得て、その幸運は「戦争が私から奪った青春の代償であったとおもう」というのだ。

若者たちが、そうした思いを抱かざるをえないような時代であったことを銘記しよう。

そうした安四であるが、さらに特筆すべきは、厳しい戦場における軍隊生活の日々に、美しくも清冽な詩篇の数々を生んでいるという、その詩精神の強靭さに他ならない。

夜襲行

暗い夜だ
海は黙つて私をゆする
光ひろげるいのちのほとりはすでに死に触れるらしい

干潟の貝の月に照らされてさびしく
こころのうちらほのかな焔もゆる
纏へる絨衣にしめやかの雨おとなへど……

寂な船出だ
運命の重みを海いっぱいに乗り切らう
濡れた銃身に月はやさしく
雨は澄んだ星空のほとりを遠ざかる
死はそれであらうか、否、否
無限に寂かなこころのうちらに波は崩れつづける

絨衣《じゅうい》、厚地の毛織物をまとい夜襲という作戦に向かう。現前する、死という免れぬ主題は、〈光ひろげるいのちのほとりはすでに死に触れるらしい〉と示され、作戦に従事する覚悟の船出が描写されている。しかも、雨に洗われるその光景は、〈無限に寂かなこころのうちらに波は崩れつづける〉と抱きとめられ、内面化されている。

前出の山田利三は句塔という俳号をもつ、自由律俳人である。

季刊『銀花』第七十五号に、安四と句塔の絆をモチーフとした「哀歌・戦友」(細井富貴子)が掲載されている。そこには、彼らがどういう戦場に身を置いていたかが描かれている。句塔の句も添えられている。それを要約して、ここに抜粋してみよう。

前線へ船団粛々と星あかりの海

満州駐屯中に転進命令が出る。昭和十六年（一九四一）十二月八日、パラオ諸島のガラマオス島で日米開戦を知る。明けて元旦、ミンダナオ島へ、さらにボルネオのタラカン島へ。しばしば敵機の襲撃を受ける。句塔は砲弾を抱え、つぎつぎと火砲へ運んだ。

闇にごうぜんと大火柱の、消えてしまった闇

バリクパパンへの上陸は激戦であった。句塔の中隊の一箇小隊分乗の船が、魚雷を受け火柱が上がった。

敵兵の二人三人炎天の海ただようてくる

前夜のスラバヤ沖海戦で海に投げ出された白人兵が一人二人と流れてきて、視界から去っていく。

黙祷、船艇戦死体を乗せ船にかえってきた

大小の発動艇がいっせいに敵前上陸を図るも、敵機来襲。白昼夢のようなひとときだった。

死傷兵たちそこに伏せ頭上敵機旋回

ニューギニア島西部カイマナに上陸。夕方、辺りが暗くなってきたころ、突如敵機が来襲した。激しい銃撃を浴びる。炎上したトラックに駆けつけると、路上や溝にはね飛ばされ苦悶する者、絶命している者。そこへまた銃撃が。

こうした戦闘に明け暮れる日々、「夜襲行」のような詩を書いた安四に驚嘆するほかない。「太平洋戦争下の詩人たちは、それ以前の彼らの詩的出発時における各自の特質と、すべて断絶するような形で、おしなべてナショナリストに変貌した」(「調和としての神話」—戦争詩の一側面・鶴岡善久)というような指摘とは、まったく無縁の在り方だ。鮮烈な詩精神が瑞々しい。「夜襲行」には、ナショナリズムをまとった観念によって見つめられた、空疎な精神の欠片もない。「死」を現前にした戦場で、濡れた銃身を捧げる兵士の〈こころのうちら〉深く、まなざしが月光のようにしのびこんでいる。

たとえば、安四の詩的出発といえる同人誌「三人」二十一号(昭和十五年五月)の「雨」という作品を読んでみよう。ここには「夜襲行」につながる地平が確かにある。

雨

雨は降るしとしとと
何処《いづこ》涯となく真暗な淋しい屋根の上、
音しめやかに降りそそぎ、
私は人気ない舗道の上に流れ出る。

裏町を走り去る自動車の警笛《サイレン》、
鉄柵に光る疎らのともしび、
しんしんと雨しんで冷えゆく指のあはひに、
私は見る、遠く濡れそぼる薄明りの巷《まち》を。

はたはた風鳴るあの日覆の陰、
陰鬱に色褪せる飾窓《しょくそう》の絵看板たち、
根こぎ絶たれた我生活の
これは何と悲しくしめつぽい幸福《しあわせ》の標識《しるし》。

ここに、くっきりと死の影が被えば「夜襲行」へと至るだろう。さらに、「めしひ」という詩篇の内面を凝視するまなざしも忘れることができない。ここに秘められた精神の燃焼は、戦地においていささかも損なわれていない。

　めしひ

めしひたちは　自分の外側に何も見ない
真暗な魂のうちらに　凡てのものを捉へてゆく

形のない怪しいものを際限もなく築き
白い浪のやうな無数の手で再び崩してしまふ

かれらは　ぢかに魂で理解してゆく
わたしたちが外形の佯《いつわ》りに疲れて
絶望の果に　自分のうちらに手探らねばならないものを
かれらははじめから素直に知りぬいてゐる

かれらは泣かない　かれらは笑はない
生れながらにもつ運命の哀しみの力で
どのやうなふしあはせでも受け入れてゆく
痺れたやうな静けさの中で　私たちに聞えない声を聞いてゐる

この言葉たちの底に沈んでいる微笑、絶望、悲しみの静けさが戦場にあって、さらなる深まりを見せている。

先述の山田利三は、同じ栞の文章で「安四が従軍五年の間に作った詩は約三十篇ある。戦争に取材した作品は四篇あるが、戦勝を謳ったり戦意昂揚の作品はない」と言い、「尼崎安四は詩を作るためにこの世に生れてきた男であった。」と結んでいる。

◆ゆえしらず孤独で、狂おしく

尼崎安四《あまさきやすし》とは、いったい何者か。
この尼崎安四という詩人について、歌人であり小説家でもあった上田三四二《みよじ》が「詩人」という作品を書いている。文芸誌「群像」昭和六十二年（一九八七）三月号に発表。のちに短篇集『祝婚』（平成元年）に収められた。この『祝婚』は川端康成文学賞を受けている。
文芸評論も能《よ》くした上田は『愛のかたち』という評論集を刊行した縁で、彌生書房版の安四の詩集と出会い、強く惹きつけられたという。「詩人」の冒頭は、つぎのように始められている。

世の中にはすくなくとも一人、自分そっくりの人間が居るという。
そっくりというのではないが、尼崎安四の生涯を年譜に読んだとき、前方を歩いて行く自分の背中を見るような気がした。

上田は安四の詩を、受けとめて、左のように読んでいる。

五十を数える詩の中で、詩人はただ一つのことを歌っていた。苛酷な生を、敗北をもって迎え撃つこと。和解は死の中にしかない。仏陀だけがこの秘密を知っていて、天空の闇から光の糸のような微笑を投げかける。その光の糸にすがって、現世の坩堝を抜け出そうとしても、無駄だ。光は空しく死者の顔を照らすだけ。照らされて死者の唇に浮かぶものを、微笑と呼ぶことが出来るなら。「そのとき、私は救はれるかもしれない」。救われてあるのかもしれない。そう詩人は訴えている。（「詩人」）

現世の坩堝を生きる者として、これは恐ろしい境地というべきかもしれない。心の在り方として、アナーキーともいうべき、ある危うさを孕んではいないか。

上田も、そのことを「短歌にかかわって生きてきた私は、とうてい、純粋詩人ではあり得なかった。そと目にはこれといった波瀾もなく世間と妥協しながら六十を過ぎるまで生きてきたことが、その何よりの証拠だと言っていい。」（「同」）と、つぶやき他と隔絶するような、安四の孤独、永遠の苦悩にまなざしをなげかけている。

いずれにしても、安四に寄り添い「この世での生き難さの思いは、才能の有無ということとは別に、魂のありようにおいて、と言うのが大げさなら、心の持ちかたにおいて、自分が詩人であり、詩人であるよりほかはなかったことを告げていた。屈折し、妥協した生き方ながら、結局は詩人としての道をしぶとく歩いてきたのだという感慨がいまの私にはある。」（「同」）と、上田は己自身を確かめている。

「彼は私が人生の途上においていちはやく質に置いてしまった純粋さという透明なマントを着て、飄々とも、蹌踉とも見える足どりで、歩いていた。」（「同」）と、安四を想いやる上田の姿勢が印象的だ。
　上田にしてみれば、安四はあくまでも一人、孤独な死と対峙している詩人。死よりも先に身を捨てて進もうとしている姿に、及ばないという思いがよぎる。

死人

死人は石のやうに静かである
月の光が外まで来てとまつてゐる
もうそこからは透射できない別の領域があるかのやうに

白い顔は歯を噛んで空の寂寥をみつめ
尖つた鼻をいよいよ細く尖らしてゐる
月に照らされて応へようともせぬ眼窠
近づくほど闇を奥に拡げてゐるうつろ

私たちが死の中まで持ち込まうとした愛、信仰、歓び
生の日の美しいそれら一切のものは
今、死とどんなつながりを持つてゐるのか

死人はもはや私たちの問に答へようとはしない
私たちの愛の呼声にさへ答へようとはしない
埋もれた泥の中から静に手足を抜き出して
頑に　外からの月の光を拒んでゐる

戦地で書かれた作品だろうか。仮にそうでないとしても、この死は〈埋もれた泥の中から静に手足を抜き出して〉という詩行からして、戦場での死を思わせる。死を捉えようとする姿勢は形而上的というより、こうした叙景によって、思弁的な現実として鮮やかに形象化されているのではないか。

上田は、「心の空虚さを持てあましていた。彼の魂はいつの時も闇を抱え、いつ差すともしれない光を待ってするどく飢えていた。」（「詩人」）と、安四の存在を捉えているが、皮肉にも兵役の日々は不思議に彼の詩的現実を、差し迫った死によって、浄化へと向かわせる時空であったとでも言いたい気がする。しかし、それは戦地にあって、まさに稀有な存り方といえよう。

上田は、「戦場における詩一篇ということになれば、私は次の「火砲」を挙げるに躊躇しない。」（「同」）としている。

火砲

凝と叢に身を潜めてゐる豹のやうに
殺伐な顎を石に載せ

砲は地平の風に耳聳てる
紺青の厚い囲みが憤りを誘ふのか

遠い地平線には何ものも見えない
空無の力が脅かす烈しい圧力
其圧力に鋼鉄の重みをもつて砲は堪へ
巨大なる破壊力を自ら恃む倨傲の身構へ
蒼空は遠く地の涯に無限枚数の蒼空を重ねる
遠ざかりつつ己れに沈んでゆくものの深いしじま
砲は一枚の鏡を砕くより脆く此空無の空砕きうることを信じ
吐く火とめまひする叫びの中にその意志を賭く

この詩は山田利三によれば、三ヵ月の満州駐屯で得られた詩篇である。砲兵としての任務。ある極限的な場において、切りつめた修辞と断定的な語法が印象的な詩篇だ。安四は自らの詩精神の衝迫を、火砲の本質を透視しながら静かに、深く解き放っている。ここでも、戦地におけるこの詩人の姿勢に驚嘆するばかりである。

上田は「砲は打砕きうるはずもない空を撃とうとして眼《まなこ》とがり、空無への托身に凛々と身をそばだてる。」（「詩人」）安四を想い、「安四は自己と格闘している。彼は目に見える敵と戦っているのではなかった」と、その本質に鮮やかに迫ってみせる。

◆詩をいかの墨でつくったインクで

定本詩集附録・栞の佐々木謙「安四終戦抄」という文章もたいへん興味深い。佐々木も安四入営以来の仲であったが、終戦の直前直後も一緒であったという。二人だけでアラフラの最前線ケイ島で原住民の部落に住んでいたのだ。

「密林の中での戦陣でも彼は詩を捨てず、私と詩を論じて語りあかした夜もあった。そのある日彼は私の手づくりのノートにいかの墨でつくったインクで詩三十篇をかいた。戦記などとても持ち続けられそうもない時であった、〝玉砕〟ということが毎日毎日の目標でさえあったから。」(「安四終戦抄」)、と差し迫った危機に曝《さら》された日々を追想している。

佐々木は、奇跡的に手記日記スケッチなどを故国へ持ち帰ることができた。

昭和四十一年(一九六六)の秋、やっと安四の死を知った佐々木は、あのいかの墨で書いた消えぎえの安四詩集を三百ほど印刷したという。

詩集には「雪の面輪」と命名した。その「雪の面輪」は、「玉砕近いと覚悟したフィジタンの陣地でいくたびもいくたびも二人で唱和したものだったから。」(「同」)。

雪は山に降りつもつて山になり
雪は河に降りつもつて河になる
雪原ほの赤らんだ
月の光
生の夢
死の夢
生死を超えた根元の世界への夢
雪の面輪

雪は月に降りしきつて月を描き
雪は空に降りしきつて空を描く
雪原更けた
月の光
生の匂失せ
死の匂失せ
生死を越えた永遠の匂失せる
雪の墓場

ラングールにて

そのノートに書かれた詩には「砲煙の臭はほとんどなく雪をテーマにしたものが多かった」（「安四終戦抄」）と、佐々木は言っている。

南洋の島々を転戦しながら、安四が密かに胸裡に育んだ「雪」！

雪のイメージに託して、彼は生命の涯しない深淵をうかがっている。生命へのはげしい思いが雪のように降りつむ。絶対・虚無・純潔への、夢の過剰がここにはある。〈生死を超えた根元の世界への夢〉、〈生死を越えた永遠の匂失せる〉という詩句は月の光を浴びて、なによりも死に傾斜していく。

この詩を安四と佐々木は密林繁る戦地で、いくたびも唱和して自らの「生」を濃密にたしかめようとしたのであろう。

トアン・アマカサクィ（尼崎さん）と呼ばれ、彼は原住民に人気があったという。少年少女を集めて学校もつくった。終戦後もすぐに引きあげられなかった。開墾作業やタピオカつくり、塩づくり、魚とり何もかも自活であった。そうしたとき協力してくれたのは、尼崎伍長に心服した漁師たちであったそうだ。原住民と接触した兵は多かれ少なかれ憎まれ怨まれていた。しかし、安四だけは違った。村民こぞって彼をたたえていた。敗残兵どころか、いよいよ村を去るとき、ある老婆はトヤカルで編んだ煙草入れを贈ってくれたそうだ。息子を旅に送る母の愛情のしるしであった。安四はスラマジャラン、スラマティンガル（さようなら）と呼び交わしながら現地の人たちと別れを惜しんだ。

尼崎安四には、不思議な人間的魅力があったようだ。
このように安四は最後まで原隊にとどまり、語学力を買われて奥地に入り、宣撫工作や食糧調達におおいに功績があった。なによりも現地の人たちに慕われ、人気があったので、「こんな戦争のやり方では負ける」などという発言にも、上官は深くとがめだてできなかったという。

イッパ

〈イッパはアラブとインドネシアとの混血女につける呼名〉

イッパ
おまへは駈けてくる青い波だ
海の上から私を招く
水《み》ぎはにさわぐ芭蕉葉にかくれて
無数の指でやはらかに招く

イッパ
おまへはそよいでゐるやしのはつぱだ
私のまうへで刃《は》のやうにひかる
動いてゐる蒼空があまりに美しいので
おまへのからだが魚に見える

イスラムアラブの血をうけた目のくりくりした女の子。姉はイパムスナ、妹はイパセリマ。あたかも、初々しい恋唄のように輝かしい清らかさに染められている。いかなる屈折もみられない。素朴で、おおらかな存在への憧憬がある。イッパへの呼びかけには、古代的な恋唄のような感性の振幅がこころよい。言葉の響きが青い波のように寄せてくる。

これが、戦地で書かれたものとは！

尼崎安四という詩人が懐《ふところ》深く抱く詩精神の、揺らぎようのない勁《つよ》さにただただ目を瞠《みは》るばかりだ。

バリの踊女

豁深而杓柄長

私のまはりに吹いてゐるといふ
まことの風をかんぜんために
わたしは祈りのたなごころあはせ
たえて美しき姿かたどる

花むらわたるはまことの風か
雲をちらすはまことの風か
心さいなむ　よもそれならじ

心かなしむ　よもそれならじ
すでに深きじゃくまくのうち
ほのほに傾くよるのやみごと
祈りのおくがに吹きいつてくる
得がたき風をいかに捉へん

なにゆゑからだ雲のかるみなく
なにゆゑこころ花のふるへなき
まことの風をくしくいのりて
清きかたちにそれをたづねる

晴朗で哀切な光に満ちている。爽やかな生命感の流露。じつに喚起力に富む言葉ではないか。バリの踊女が南の風をまとって、眼前にたち現れてくる。前出の上田三四二は、この詩を読み「安四にはめずらしい言葉の羽毛のような抒情詩もある。」（「詩人」）と評している。

ガムランの演奏にのって演じられるヒンドゥーの踊りに、惹きつけられた安四がいる。

ここまで述べたように、安四は戦地で幾人かの文学好きな者たちを惹きつけている。山田利三は帰国後、安四を顕彰する目的で「いずみ」という雑誌を出し続けた。のちに安四が西条で暮らしたときにも、知り合った若者たちは強烈に惹きつけられている。その一人、諫川正臣も詩誌「黒豹」を発行し、毎号安四の詩を紹介し続けた。平井辰夫は安四が西条で発刊した詩誌「地の塩」について「此のアンソロジーは、私にとって、なにものにもかえがたい貴重な冊子なのである。」（定本詩集附録・栞）という。彼も同地にあって詩作を続けた。

◆これはこの世の人ならず

作家の富士正晴は、「これはこの世の人ならず」を、文芸誌「すばる」昭和五十二年（一九七七）四月号に発表している。のちに『聖者の行進』（中央公論社）に収められた。かつて富士は尼崎とともに、「三人」という京都で発行されていた詩誌の同人であった。他には野間宏、桑原静雄（竹之内静雄）、井口浩がメンバーであり、詩人竹内勝太郎に師事する若者たちが始めた同人雑誌である。「これはこの世の人ならず」は、学生時代つまり「三人」をめぐる人間関係などを書いたもの。最後に、先述している京大の卒業試験放棄のことについて触れ、つぎのように書いている。

彼は見事に初志貫徹して、これさえ受ければという試験を放棄してしまった。多分、妻君とわたしに向って、ザマアミロと心に叫んでいたのかも知れない。これはどういう思想なのか。詩人であるなあ、という外ない。

上田三四二は富士のこの小説の題名を「世外の人安四の本質を衝きながら、内容に突き合わすときそこには揶揄の気味が濃い。」として、「詩人仲間のうちにあってさえ、そうである。彼は世間普通の人にとってはとうてい了解されることない、一個不思議な生物だった。」（「詩人」）と捉えている。まこと、安四は不思議な存在であろう。日常の世間では「これはこの世の人ならず」、生き難い世外の人。しかし、非日常ともいうべき戦地にあっては、渉外的な仕事に力を発揮し、原住民や他部隊との接触で揺るがぬ信頼を築いていた。しかも、その日々に多くの清冽な詩篇を書き上げている。復員後は窮乏と苦悩のうちに、闇商売などに手を染めたが、病を得て早世する。人間の生死をめぐって、強く鋭い光を放つ詩を残したが、やはり戦争という時代の波に翻弄された人生であった。安四が置かれた戦地がいかなるようすであったか。手がかりを求め、親しかった山田利三（句塔）の体験を「哀歌・戦友」で、もういちどみてみよう。つぎのようなことが記されている。使役で大隊本部を留守にしている間に空襲があった。その朝いつもと同じように元気な顔を見せていたある伍長が、爆弾の破片を受けて絶命していた。

山田はマラリアのためマニラに入院。戦線復帰のために乗った輸送船が、深夜に魚雷を受けた。大きな衝撃があり、甲板にかけ上がると、そこにはすでに何人もの兵隊の死体が転がっていた。終戦を迎えたラングールで書かれた「死の夢」という詩篇を読んでみよう。

　死の夢

暗い雪の上を鴉が飛ぶ

声はしゃがれてもの淋しい
二羽　五羽　三羽
降り止んだ川べりに沿うて溯る
もやもやと動く雪雲の裂け目で
星が輝く

わづかの光も長くはつづくまい
月も遠く沈んでしまつた
川水と松はうす穢く
それらは流れるやうに私の方へやつてくる
厭応なく一つのことを納得させる
いのちも長くはつづくまい　あゝ暗い

於ラングール

安四の詩を高く評価し続けた詩人の高橋新吉は、「戦場で、熾烈に、死に立ち向ったのである。その上で、詩作しているので、彼の詩が、つまらない筈はないのである。」（「尼崎安四のこと」）と評価し、安四の詩集を読めば、何人《なにびと》も否み得ない事実である、と定本詩集附録・栞に寄せた文章を結んでいる。

ともあれ、南太平洋の苛酷な戦場にあって、類い希な創作活動を惜しまなかった詩人としての在り方は、強烈な存在感をわたしたちに与え続けるだろう。
戦地での一篇を置いて、この項を閉じるとしよう。

竹

竹が懼れにわなないてゐる
霧が懼れにわなないてゐる
竹があまりに竹に似るゆゑ
霧があまりに霧に似るゆゑ

鳥が鳥から抜けようとする
岩が岩から抜けようとする
必死のこころで抜けようとする
きびしい力が澄み切つてくる

鳥の叫びが響きしみる
全身の叫びが響きしみる
竹がますます竹に似てきて

霧がますます霧に似てくる
はがねの空が空を抜け切る
はがねの風が風を抜け切る
竹は懼れにわなきやまず
霧は懼れにわななきやまぬ

合掌

カイマナ陣地の死闘の日日
何故か牧谿鶴の図が頭を離れなかった。
敵機の不断の攻撃のため、椰子林は開墾地のやうに薙ぎ倒され、椰子の木は雪を被ったやうに真白だった。木の幹を削つて誰かが書いてゐた「大死一番大喝一声」普通の呼吸ではあの空気は吸へなかつた。

対句を重ねながら、四連からなる詩が展開する。安四の思索が、歯切れよくきっぱりとした印象で刻まれている。
緊張に満ちた戦場における、切り立つような生と死の狭間にあって、詩人の思いは、揺らぐことなく静かなコントラストのうちに、鮮やかに言語化されている。カイマナ陣地の死闘という、苛酷な現実にねじ伏せられることなく息づく安四が印象的だ。

まぎれもなく、ここには尼崎安四という詩人の心と精神のかたちが現れていて、戦場を忘れさせる。

戦時下、このような詩人が存在したことを忘れることはできない。

先の大戦における戦没者三一〇万人のうち、じつに二四〇万人は海外で死亡している。拡大された戦線。戦争末期には国の中心部を守るために、敵の前方にある周縁部は放棄された。満州、ビルマ、千島列島、フィリピン、太平洋中部・西部の島々は苛酷な状況にあった。

この詩人が目にし、心に秘めた戦場を思い遣ることは他者には及ぶところではない。

◆風のかたみ

この章を閉じるにあたり、安四の夫人・尼ヶ崎涼の詩集『月の暈』から、巻頭の一篇「夜の風」を引いて、筆をおくことにしたい。

夜の風

夜の風は　どこまで吹いてゆくのか
人人が寝しづまつて誰もゐない舗道を走り

そこらの陰に落ちてゐる
一日の　心の塵を吹いてゆく

地面に沿ふて黝い澱《おり》のやうに溜つてゐる　人人のかなしい心労
舗石の隙間でかすかに身悶える　毀《やぶ》れ去つた憧憬の破片
または並木の梢で
ひそかにすすり泣く別離のまなざし

風は容赦なくためらひなく
広い大きな手をひろげ
すべてのものを吹き落し　吹き拂ふ
かたへの星が黙つて見てゐるその前を　風は素早く運んでゆく

けれども一人だけ起きてゐる窓の下で
風はふいにひつそりと足をしのばせ
孤独な者の魂を　そこだけしづかに残してゆく
自らが吹き忘れたものを　窃かにその者に預けてゆくために

参考文献

定本『尼崎安四詩集』（彌生書房）昭和五十四年
詩集『三人　物故詩人四人集』（VIKING　CLUB）昭和三十五年
尼ヶ崎涼詩集『月の暈』（風信社）昭和三十七年
上田三四二『祝婚』（新潮社）平成元年
富士正晴「これはこの世の人ならず」（「すばる」昭和五十二年四月号）集英社
細井冨貴子「哀歌・戦友」（「季刊銀花」第七十五号・昭和六十三年）文化出版局
堀内統義「微笑と絶望―尼崎安四ノート」（個人詩誌「漣」9号）平成十五年
鶴岡善久『太平洋戦争下の詩と思想』（昭森社）昭和四十六年
復刻版『三人』第五巻（不二出版㈱）平成十四年

やがてランプに戦場のふかい闇がくるぞ　富澤赤黄男

富澤赤黄男（とみざわ　かきお）
明治三十五年～昭和三十七年（一九〇二～一九六二）

◆一億《われら》起つしののめの富士のふもとより

昭和十六年（一九四一）十二月八日、日本軍はハワイを空襲。マレー半島にも上陸し、対米英に宣戦布告した。

一億《われら》起つしののめの富士のふもとより

この十二月八日に際して、富澤赤黄男が詠んだ句である。雑誌掲載は、明けて翌年の「琥珀」2号。〈とう〳〵ととうとうとなるこの暁〉というような句もある。

爛々と虎の眼に降る落葉
蝶墜ちて大音響の結氷期

よく知られた、こうした代表句を収めた赤黄男の処女句集『天の狼』刊行は、この年の八月一日であった。『天の狼』の出版記念会が行われたのは九月十一日のこと。

それからわずか十数日が過ぎた二十八日に動員令が下る。

善通寺第三七部隊に入ったのが十月一日。工兵中尉となった赤黄男は遥か千島列島北東端の占守島《しゅむしゅとう》にあって、北辺の守りについて、この日を迎え〈一億起つしののめの富士のふもとより〉の句を詠んだのであった。

　占守島は明治八年（一八七五）の樺太・千島交換条約で日本領となっていた。オホーツク海と太平洋に囲まれ、夏季は摂氏十五度くらいで濃霧におおわれることが多い。冬季には零下十五度の極寒で猛吹雪に見舞われる土地。日本がポツダム宣言を受諾表明後にソ連軍が侵攻し、占守島は千島列島で唯一、ソ連軍との激戦地となった。

　彼は三十九歳の冬を、この寒冷の地で過ごしたのだった。日米開戦に関わる国民的感情は、戦地にあって、生死の間に身を晒している赤黄男にも、こうして及んでいたといえる。

　赤黄男は新興俳句運動が生んだ俳人の一人。

　昭和六年(一九三一)秋、満州事変の勃発と軌を一にするようにして新興俳句運動は始まっている。高浜虚子の「ホトトギス」から、俳句形式の新しい可能性を示唆して、水原秋桜子が独立したのが発端であり、昭和十年（一九三五）ころには定型俳壇を二分するほどの隆盛をみた。

　しかし、時の国家権力による不当な干渉をうけ、わずか十年ほどで活動は崩壊に至る。赤黄男の『天の狼』は、「新興俳句運動の最後を締め括るべき最高の遺産」（高柳重信「富澤赤黄男ノート」）と評価される句集である。

『富澤赤黄男全句集』（林檎屋）に収められている、高柳重信の「富澤赤黄男ノート」には、新興俳句運動の命運が的確におさえられている。ここでは、その文章に依りながら〈蝶墜ちて…〉の俳人が、なぜ冒頭のような句をつくらざるを得ない状況にあったか、ということを浮かび上がらせてみたい。

　高柳は、「もともと高浜虚子が俳句形式に対して抱いていた思想は、移り行く世相の悉くを、あ

たかも雲か煙が眼前を横切ってゆくごとく平然と眺めようとするものであった。」と言い、

第一次世界大戦の数年間を含む大正全期にわたっての著るしい社会不安や、そこに育ちはじめていた自由主義や社会主義の萌芽などには、まったく眼を向けようとしなかった。この時期において、そのような社会の状況を多少なりとも反映しながら作品を書こうと努めたのは、いわゆる新傾向の俳句から更に脱皮を心がけて、絶えず真摯な努力を続けていた自由律俳句の俳人たちであった。

（「富澤赤黄男ノート」）

と指摘し、それは昭和に入ってからも続いたとする。

しかし昭和の初めには、数次にわたる山東出兵や済南事件など中国大陸への武力干渉が執拗に繰り返されていた。満州事変、上海事変により戦火は拡大の一途をたどる。国内においては五・一五事件が発生。しだいに物情騒然たる世相に。

もちろん日本社会は、まだまだ農耕社会を主体とし、まさに花鳥諷詠を思うにふさわしい風物が、いかなる都会の周辺にも、すべての農漁村にも存在した。

しかし、都会には失業者が溢れ、疲弊した農漁村からは、さまざまなかたちで娘たちが売りにだされていた。

「俳句は花鳥風月という自然を素材とすること」「俳句は日本独自の文芸であること」「俳句は

天下無用の閑事業であること」などという虚子の言葉は、まさに多くの示唆に富み、傑出した一俳人の天晴れな覚悟の表明として、十分に傾聴に価するものと言うべきである。

（「富澤赤黄男ノート」）

と、その見識に理解を示しながら、高柳は「ありとあらゆる俳人たちに向かって、刻々にさしせまってくる感じの社会状況の変化に一顧も与えず」（「同」）花鳥諷詠に専心せよという姿勢は、はじめから多くの無理が伴っていたとみている。

◆新興俳句運動とその時代

やがて、中国大陸における戦局の重大化とともに、国内の社会状況は逼迫の度を加えていく。日常の言動にも少しずつ制約の手が伸びて、虚子が説く俳句とは、あまりにかけはなれた現実に、大多数の俳人が向き合わねばならない状況を深めていった。

応召して戦場に赴き、まさに生死の間を翻弄される切実極まりない現実が、多くの青年俳人たちの身辺を洗いはじめていた。

赤黄男の軍歴をみてみよう。

彼は、大学を卒業した昭和二年（一九二七）十二月に広島工兵隊に入隊。翌年の十月、工兵少尉で除隊している。二十五歳であった。

昭和十二年（一九三七）五月五日には、第三回後備役演習召集にて、香川県善通寺へ応召。「後備役《こうびえき》」とは、旧陸海軍で予備役を終了した者が服した兵役である。このときは、十二日に病気のため早々と召集解除されている。すでにこのとき三十五歳になっていた。

さらに、九月になって支那事変の動員令が下る。香川県善通寺の工兵隊へ入隊し、十一月には中支へ出征する。それから足かけ四年にわたり戦線に身を置いたのだ。

それまで、彼の暮らしはたいへんな苦境の連続といえる。

少しさかのぼって昭和五年、眼を病んだ父が医師をやめ、木材会社をはじめる。大阪で勤務していた国際通運の職を辞して川之石へ帰郷。父を手伝いはじめる。その後、地元の銀行へ入社。しかし昭和八年（一九三三）、木材会社は経営に失敗する。借財のため、家屋敷家財を整理。郷里を離れ、妻の母とセメント重紙袋製造合資会社を、堺市に興したものの、軌道に乗りかけたとき室戸台風のため、工場を流出し再起不能に陥る。

折りから、父が中風となり帰郷して、その看病にあたる。昭和十一年（一九三六）四月には父を喪う。郷里での生活を整理して、大阪へ移住するが、一年をへずして応召となったのだ。貧窮のうちに妻子を実家に帰し、中支の戦場に向かい、転戦する軍隊生活に入ったのであった。

十五年（一九四〇）初めにマラリヤに罹り、野戦病院をへて帰還。三月に小倉陸軍病院に入院後、善通寺の病院へ移されたのち、帰郷を許される。五月には召集解除となっている。

それも束の間、先述のように再度の応召により、心ならずも占守島へ赴いていたのだ。三十九歳であった。

ところが俳壇は、重大な事態に直面していた。赤黄男が戦病をえて野戦病院、小倉の陸軍病院、善通寺へ転々としていたとき、治安維持法違犯の容疑で、関西に住む「京大俳句」の主要俳人たちが一斉に検挙されたのだ。ついで東京に在住する渡辺白泉、石橋辰之助、三谷昭などが同じ容疑で逮捕。さらに西東三鬼も検挙される。さらに数次にわたり、新興俳句の有力な俳人の大半は特高警察の手に落ちたのだ。

弾圧は俳人を逮捕するだけでない。俳人たちが参加していた俳誌をも発行禁止とした。保守的な俳人たちは、ここぞとばかり非常なる時局を認識することのない、非国民的な存在であるかのごとく、声を揃えて新興俳句糾弾にはしる事態が現出することになった。

高柳は左記に引くように、そのときの赤黄男を思いやっている。

このとき、たまたま帰還して戦病の身を養いつつあった富澤赤黄男は、当然、これら一連の弾圧と、その弾圧によって生じた俳壇の大混乱を、きわめて身近な心情をもって切実に受けとめたに違いない。そして

鶴渡る大地の阿呆　日の阿呆
椿散るああなまぬるき昼の火事
蝶墜ちて大音響の結氷期
冬波に向へばあつきわがめがしら

海峡を越えんと紅きものうごく

などの作品を、何か激しいものに憑かれたように、きわめて旺盛な意欲を燃やしながら書き続けていった。
これらの作品は、すでに完全なる沈黙を余儀なくされたような新興俳句運動の、最後の光芒のごときものであった。

（「富澤赤黄男ノート」）

と、これらの句に赤黄男の立ち向かう姿勢、怒り、苦しみを見ようとしている。しかし、たとえば左記のように、『天の狼』に収めるにあたり、雑誌発表時の字句を変えざるをえないほど、大戦前夜の緊迫が、この赤黄男をも追いつめ、縛っていたこともわかる。

一木の絶望の木に月あがるや　「旗艦」昭和十四年十一月号
　←
一木の凄絶の木に月あがるや　『天の狼』

困憊の日輪《ひ》をころがしてゐる戦場　「旗艦」昭和十四年十一月号
　←

　　困憊の日輪《ひ》をころがしてゐる傾斜　　　　『天の狼』

『天の狼』を上梓したところに、再度の召集を受けた。それに先んじて、赤黄男はつぎの一句を詠んでいる。

　　石の上に　秋の鬼ゐて火を焚けり

高柳は、「それから四年ほどの歳月が過ぎたとき、これとまったく同じような光景が、いまや廃墟と化した日本の至るところで現実に出現することになるが、まだ俳壇では、それに誰も気づく者はいなかった。」（「富澤赤黄男ノート」）と、空襲の惨禍にこれを重ねて読んでいて、優れた読み手のリアルな想像力に圧倒される思いである。

またそれ以上に、一人の俳人の感性が捉えたヴィジョンが、図らずも、ゆくりなくも鮮やかに時代の現実に輪郭を与えることの必然性を目撃した思いに駆られてならない。

赤黄男は北辺の地にあって、いつ来襲するかわからぬ敵影と向き合う、虚無的な日々を過ごすことになる。

　　南へ　南へ　満月となる
　　流木よ　せめて南をむいて流れよ

北の波濤に揉まれる流木群を、いつも眺めていたという赤黄男の時間から生まれた作品。しかし、赤黄男といえども、心身を時代に縛られていることにかわりはない。とりわけ、軍隊に縛られている一人として、〈一億起つしののめの富士のふもとより〉という、国民としてつながり合う共同体がもつ意識に、こうして染まらなければ、生き延びることが容易ではなかったはずである。不安と懐疑と絶望によって、こうした形をとらざるを得なかったという悲惨。生きがたい日々が続いたのだ。

◆寒梅にあはれ鬱金《うこん》の陽射かな

『定本・富澤赤黄男句集』の巻末には、句集に収録されていない作品が「拾遺」として、年次毎に整理されている。それに目を通していると、戦時中の俳誌統合で、赤黄男が拠っていた「旗艦」は「琥珀」となり、同誌に彼が戦地より発表を続けたことがよくわかる。

山征かば炎柱とたつわが激怒
海征かば碧海を裂く真ツ二つ
空征かば裂風となり雪崩となり
地の霜よいま回天の跫を聴け

「琥珀」2　昭和十七年

かの日（十二月八日よ）（9句）

霜浄き天より下るおほみことのり
日輪《ひ》出づるこころしずかに首《かうべ》をたるる
決意あり陽炎もゆる地をふまえて
草光るあゝ猛然と草光る
国原は凛々と鶏鳴きわたり
海蒼し太古のごとく海蒼し
蒼々とめがしら熱き冬山脈
ひし〳〵といまぞ乾坤一擲の天
われらただ碧空のごとき泪あり

「琥珀」3　昭和十七年

神となり還るべき日の富士むらさき
日に向きていま民族の詩をかゝぐ
神のみまへにいまぞ決死の詩を作る

「琥珀」4　昭和十八年

菊大輪ああ十億のひとり吾《あ》も
寒の梅民族の血の濁りなし

「琥珀會報」12　昭和十九年

書き写していて呆然とする。戦時下の生きがたさが身に染みる。

歌人の塚本邦雄は、『百句燦燦』（講談社文芸文庫）の富澤赤黄男についての文章で、「『寒の梅民族の血の濁りなし』にいたつてはもはや無惨といふ他はない。『民族の血』を言ふなら他にも同會報所収の作品中には『菊大輪ああ十億のひとり吾《あ》も』が見え、さらにかかる発想の皇国讃歌は十七年頃からの句集未収録句群中に夥しい。」と語っている。

ここに抜いて並べた作品は、その一端である。

塚本は、これらの作品は句集『天の狼』、『蛇の笛』の間にあって、「おほかたの目に觸れることはない。彼みづからの意志であへて採らなかったのであらう。その配慮は當然であり作者が消した作品は初めからなかつたこととするのが讀者、研究家の禮節である」（『百句燦燦』）と指摘している。

ひとつの見識である。けれど、ここでは戦時下にこうした作品を書いたことは明らかにしておきたい。塚本も「幻視者の矜持が次第に麻痺し、内奥深部の希求とはうらはらに空虚な条件反射を示すにいたる経過」（「同」）を、冷静に受けとめる必要は認めている。

悲しむべき類型的な表現を心ならずも、とらざるを得ない状況の深刻さに包囲された赤黄男から目を背けないこと。それが、未来を志向することを促すはずである。

とはいいながら、塚本はこうした未収録句にも惜しい佳品が点在するという。左記の句である。

寒梅にあはれ鬱金の陽射かな

夕鳥の詩より紅く翔び去れり
しらじらと秋の鬼ゐる水の上
蜩のやみて微塵の空のこる
冬蝶の夢崑崙《こんろん》の雪の雫
葱畑の青むらさきの秋の翳

（『百句燦燦』）

太平洋戦争も末期の、多くのものに身も心も縛られた現実にあって、こうした微かな光が戦地から届いていたのだ。ここでは、塚本の鑑賞を紹介することに傾き過ぎるが、それを承知で〈寒梅にあはれ鬱金の陽射かな〉の切れ字「かな」について、その卓抜な考察に注目したい。

「かな」は「鬱金」のかなしみを支へつつ揺らぎ、「あはれ」と共鳴しつつたちまち消え入る。当然漲るべき凛烈の気はいささかもなく、そのありやうは脆く儚い。そしてそれゆゑに一句は黄昏のままに見事に定著し人の心の闇にあえかな微光を伴なつて映し出される。異色、それは赤黄男がその名に競つて創り出した萬華鏡的作品世界に、はからずも置いた寒色の謂であり、彼の魂の翳の色でもあつた。

〈寒の梅民族の血の濁りなし〉と〈寒梅にあはれ鬱金の陽射かな〉のあいだにある埋めようもない、

深い裂け目から、当時置かれた赤黄男の憂悶をしっかりと抱きとめたいと思う。

戦地における肉体的桎梏、精神的束縛。新興俳句運動への弾圧と扼殺を目の当たりにした赤黄男が、凄惨な戦場から届け続けた作品の明暗、陰翳、絶望、希望、嘆き、怒り、その面目のすべてを思いやろう。作句の個人性を、押し殺し、葬り去ってしまうものから目を逸らさないで向き合うことだ。

◆藁に醒めちさきつめたきランプなり

富澤赤黄男という俳人を思うとき、わたしはこの人のモチーフの、原衝動的な在り方についていつも考えさせられる。一歩一歩、歩みの折々に、惹きつけられてきた。

川之石にあって、蕉左右《しょうぞう》の俳号で郷里の人たちと句会を楽しんでいたころの、〈波の上に佐田の岬の霞みけり〉〈春めくや筆作る家並びゐて〉などという俳句のなんでもない、穏やかなまなざし。

「魚の骨抄」にみられる〈さぶい夕焼である金銭《かね》借りにゆく〉〈味噌汁をふきつつわれは頽廃《すた》れゆく〉から伝わってくる生活意識、現実感覚の切実さ。

『天の狼』の〈南国のこの早熟の青貝よ〉〈暗がりに坐れば水の湧くおもひ〉などに見られる匂いたつような抒情。

〈爛々と虎の眼に降る落葉〉〈蝶墜ちて大音響の結氷期〉！

日常の実用的な言葉の限定性をはなれ、それを越えて所有する意味や心象、韻律への全的な欲望の斬新さ。生命がはらむ幻想への歓び。

赤黄男の輝きは尽きない。その多様な豊かさのなかから、彼の前線俳句といわれるものをみてみよう。

その大半は、軍事郵便で友人の水谷砕壺に送られ、「旗艦」誌上に掲載されたもの。

「まだ幼ない吾が子に戦場の父が送り届けた小さな美しい絵本のような輝きで、父情にあふれている。」（高柳重信）と評される八句を最後において、この章を閉じよう。

ランプ　　—潤子よお父さんは小さい支那のランプを拾ったよ—

落日に支那のランプのホヤを拭く
やがてランプに戦場のふかい闇がくるぞ
灯はちさし生きてゐるわが影はふとし
靴音がコツリコツリとあるランプ
銃聲がポツンポツンとあるランプ
灯をともし潤子のやうな小さいランプ
このランプ小さけれどものを想はすよ
藁に醒めちさきつめたきランプなり

血と硝煙にまみれた戦地から、我が子に呼びかける。

どこまでも生命の歓びへの、根本的な信頼を、呼びかけることを通じて見出そうとしている。父の慈しみは、そのことによって私性を昇華され、すべての読者へ、慰めと励ましをもたらしている。小さいランプに重ねられた、幼い娘への深く濃やかな思い。

苛酷な現実に晒された前線であればこそ、偽りなく父であることを、ないがしろにはできない自分自身に耳を澄ませている。

軍隊という組織の圧力のもとにあって、赤黄男は個としての己に辛うじて踏みとどまって、苛酷な日々を堪えぬいたのだ。

参考文献

『定本・富澤赤黄男句集』（定本・富澤赤黄男句集刊行会）昭和四十年

『富澤赤黄男全句集』（書肆 林檎屋）昭和五十一年

『富澤赤黄男全句集』（沖積舎）平成七年

『郷土の俳人 富澤赤黄男』（保内町教育委員会）昭和六十二年

「富沢赤黄男 生誕百周年記念特集」（未定発行所）平成十五年

現代俳句の世界16『富澤赤黄男 高屋窓秋 渡邊白泉』（朝日文庫）昭和六十年

塚本邦雄『百句燦燦』（講談社文芸文庫）平成二十年

治安維持法のもとで

山部珉太郎
『南海黒色詩集』「記録」「四国文学」など
木原実（木原健）
永井叔
野田真吉

山部珉太郎　明治三十八年〜昭和二十二年（一九〇五〜一九四七）

◆朝鮮総督府鉄道で働きながら

日清・日露戦争をへて、明治から続く領土拡大と権益獲得の道。そうした流れのなかで、多くの人々が、新しい暮らしを求めて外地と言われた土地へ渡った。

大正デモクラシーのオピニオンリーダーの一人、石橋湛山のように帝国主義に抗して、平和的な「加工貿易立国論」を唱え、「アジア大陸に領土を拡張すべからず」と植民地政策を一貫して批判する者もいたが、日本統治下の異郷における新しい暮らしを、多くの人々が夢見たのである。

内地（日本列島）に対して、「外地」つまり朝鮮半島であり、満州などの大陸、南洋の島々に定住の地を見出そうとした。山部珉太郎もその一人。朝鮮総督府鉄道で働き、詩を書く青年であった。

深い霧の朝の詩

ふかい霧の朝は
ぽつかりと　ぼくの家だけ夜が明ける
せかいはかくれてみえないので

ぼくの家だけ　だまつてめをさまし
おとなしく　ちいさい朝の生活をはじめるのだ

せかいがあんまりだまつてゐるので
ぼくたちのきもちもひつそりする
でも兄妹三人
めいめいに朝の諧謔を食卓に弾きあひ
内心ほがらかに朝の食卓をおえるのだ

さて兄ふたり
ひとりの妹をそつとのこして
ふかい秋霧のなかへと
はたらくためにでかけるのだ

この詩の作者・山部珉太郎は、昭和二十二年（一九四七）十二月にこの世を去った。終戦、朝鮮からの引き揚げ、故郷での耐乏生活という日々のなかで、病に倒れたのである。

『山部珉太郎詩集』は、朝鮮時代の詩友たちの手によって編まれ、昭和二十九（一九五四）年三月に刊行された。戦後、自分たちの暮らしをたてて行くだけでも厳しい日々に、かつての詩友のた

『山部珉太郎詩集』 昭和29年3月29日発行 朝鮮時代の詩友岡田田弘が編集。多くの友人も文章を寄せている。

めに詩集を編み、出版までこぎ着けている。彼らの文芸で結ばれた絆の強さが心に響く。

「深い霧の朝の詩」は、詩集の巻頭に置かれている。

詩集前半部分は、彼の残した手帳に記されていた目次に従って編まれている。章ごとに解説めいた主旨も書き残されていた。

この詩をふくむ章は、珉太郎自身によって「生活の緩徐調《あだあじお》」と冠されている。

「兄妹三人の……深くつきつめた懐疑などのなかつた静安な生活、願はくば世の中を祝祭のごとくほがらかに暮らさうと思つてゐたらしい生活、よろこびも悲しみも不平も怒りも甚だしい波曲線を作らなかつた生活のあだあじお。」と記している。

ラルゴとアンダンテの中間の速さ。ゆるやかに演奏せよ。

彼は自らに言い聞かせているのだ。くつろいで、ゆったりと生きよと。旅立ってきた故郷の暮らしではなく、ここで築く新しい生活への希求をこめて。しかし、そこには心の奥底のどこかに潜む、植民者という自らの存在に対する、かすかな不安をなだめている思いがありはしないか。

ここには言葉を探りながら、言いたいことを探ろうとする若者がいる。

深い霧につつまれた朝のなかで、若者らしい生理や感覚に方向を与えようとしている。世界は隠れて見えない。

「深くつきつめなければ」安逸に抱きとられたかに見える彼らだけの暮らし。この留保に、かすかな不安が顔をのぞかせる。「願はくば…」と念じたほがらかな暮らし。この暮らしは、植民者としての他の誰とも違っているわけではないだろう。みんなそうなのだ。こうした意識が目覚めるのは、働くために、外へ一歩を踏み出し雑踏に溶け込むとき。

そこにあるのは、異郷での新たな暮らしを願う多くの人たち、朝鮮の人たち。そして、けっしてそれを容易に現前させる日々でないなかでの、労働であったであろう。

珉太郎は旧制松山中学を卒業すると、すぐ朝鮮へ渡った。

松山中学在学中から詩作をはじめた。謄写版刷りの「青りんご」という同人雑誌を出し、卒業するまでに、八十篇あまりの習作を書いていた。

『山部珉太郎詩集』に収められている彼の兄、宮内俾三による「幼少のころ」という文章では、長兄の希望で陸軍幼年学校へ入れようとしたが、本人が一向に乗り気ではない。二度受験させたが、どちらも失敗している。

温泉郡小野村北梅本（現・松山市）の生まれ。父親は農家の一人息子で、若いころは寺子屋の代教をしていた。農業は小作に任せ、国道筋にあった医者の廃屋を買い商業を営んだ。藩閥政治に対抗し、政党政治確立を目ざした憲政会に肩入れし、選挙の折りには、地方政治家が頻繁に出入りする家であったという。

しかし、そうしたことには珉太郎の気持ちが動くことはなかった。

兄弟姉妹は十人、その五男であった。本名は宮内健九郎。前出の兄倬三は四男。

『山部珉太郎詩集』によると、渡鮮は大正十三年（一九二四）。最長兄が勤務していた満鉄京城管理局に入り、経理課に配属されている。翌十四年（一九二五）には、満鉄の鉄道経営委託を解除し、朝鮮総督府直営となった。朝鮮総督府鉄道、いわゆる「鮮鉄」である。

ちなみに、珉太郎が朝鮮に渡った十三年（一九二四）は、朝鮮鉄道が発足した年でもある。それまであった朝鮮中央鉄道、南朝鮮鉄道、西鮮殖産鉄道、朝鮮森林鉄道、朝鮮産業鉄道、両江拓林鉄道の六社が合併したもの。こちらは当時の朝鮮における最大の私鉄となり、「朝鉄」と略称された。

「深い霧の朝の詩」は、珉太郎が兄倬三、妹のやよいと三人で京城（ソウル）で暮らしていたときの作。異郷でひたすら寄り添いあう日々であっただろう。

◆詩誌が発禁に

大正十五年（一九二六）には、朝鮮在住の詩人たちを網羅して、「亜細亜詩脈」が発刊されている。しかし当初から寄り合い所帯の弱さがあり、珉太郎はこれを離れる。「詩祭」という詩誌にも参加していたが、その内容に物足りなさを感じていた。

自分たちの詩誌をという思いで、昭和二年（一九二七）六月、同人詩誌「機関車」を創刊する。「真っ黒な表紙にタイトルをリノリウムで刻み込み赤色で浮き出させるというアナキスティックなデザインだった」（『日本アナキズム運動人名事典』）。珉太郎が本局の経理課、永登浦（ヨンドゥンポ）駅で切符を売っていた合田佳辰、竜山（ヨンサン）駅で貨物係をしていた岡田弘、竜山の機関庫にいた大世渡貢。年長者で京城中学の教師をしていた加藤八十一の五人。リーダー格の加藤を除き、朝鮮総督府鉄道で働く二十一、二歳の青年ばかりであった。

珉太郎は長髪にロイド眼鏡。酒が入ると藤原義江ばりの渋い美声で、「からたちの花が咲いたよ」、「どんとどんと浪乗り越えて」などを歌った。

しかし、同人の大世渡貢が入営。彼の詩を主に編んだ特集号を出したころから、「機関車」は当局に目をつけられ始める。日本人、朝鮮人のアナーキストたちとの交友が原因であったらしい。

昭和三年（一九二八）の第五号が発禁となった。

編集人の岡田弘は竜山署に呼ばれて説諭。最年長の加藤八十一は最も睨まれ、たびたび憲兵の訪問を受け、同人を辞する。合田佳辰は貨物係では駅長・助役の監督の目が届かないという理由で、駅長の側の机で「能率増進」の研究を手伝わされることに。同様の監視は珉太郎にも及ぶ。そして「機関車」は印刷所に印刷を断られ、廃刊せざるをえなかった。

文芸活動への圧力、監視が免れない時代・社会であったのだ。

岡田弘の回想によると、「機関車」が発禁となった当時、珉太郎は兄倬三、妹やよいと三人で京城《ソウル》の若草町に住んでいた。若草劇場という劇場の裏手の古道具店の角を入った小路の奥に住まいはあった。発禁という事態に煽られ同人たちは町で酔っぱらってはその家に転がり込んで妹のやよいに厄介をかけたという。

この年、珉太郎は胸を病み三ヵ月ほど、郷里に戻り療養のため滞在する。岡田によると朝鮮へ戻ってきた珉太郎は、「郷里の封建性にひどく腹を立て」ていたという。

それは、植民地に渡った多くの人々の胸中にもあったことであろうか。後にしてきた郷里の貧困や閉塞感。それらを抜け出して、新天地を求めたはずだ。珉太郎はこの時代を生きる多くの青年たちの一人であった。すこし違っていたのは、詩を書くことに己を見出し歓びを感じる青年であったこと。

大正期の旧制松山中学には、文芸や絵画を愛する若者たちが「楽天」という回覧雑誌に集っていた。伊丹万作（一九〇〇年）、伊藤大輔（一八九八年）、中村草田男（一九〇一年）、重松鶴之助（一九〇三年）たちである。彼らの生年は多少まちまちであるが、明治三十八年（一九〇五）生まれの珉太郎は、彼らより数年だけ年少であり、交流は確かめられない。

彼らのことは洲之内徹の『気まぐれ美術館』（新潮社）の「ある青春伝説」に詳しい。

「機関車」の発禁は、同人たちの動向を大きく左右した。

珉太郎の詩作は半減する。

大正十三年（一九二四）二〇歳　　二六篇
大正十四年（一九二五）二一歳　　二九篇
大正十五年（一九二六）二二歳　　四〇篇
昭和　二年（一九二七）二三歳　　五〇篇

昭和　三年（一九二八）二四歳　　二二篇　＊「機関車」発禁
昭和　四年（一九二九）二五歳　　一三篇
昭和　五年（一九三〇）二六歳　　八篇
昭和六年以後　　　　　　　　九篇
珉太郎は発禁を契機として職場を去り、社会運動へ投じていく仲間に対して負い目を感じ苦悩を深めていった。
たとえば、知り合ったとき永登浦駅で切符を売っていた合田佳辰は、「私は職場に止まりきれず、駅員を廃業したのであつた。尾行をつれた上京、土工生活、豚箱ロシヤ語勉強、アナからボルへの転向、刑務所生活と私の陰惨な、けれども清潔な、充実した九年間の青春」（『山部珉太郎詩集』・「珉太郎」の回想」）という道をたどる。
彼の母は息子の検挙や世間からの圧迫によって、「誰かが向いの屋根の上から監視している」、「憲兵が玄関の戸の隙間から覗いている」など、あらぬことを口走るようになり、精神状態に変調をきたしてしまった。
ただ珉太郎自身は、「俺たちが今所謂実際運動の真中に入つて出来ることはなんだ、多分邪魔になるきりだ、悪く行けばナグリ飛ばされるだろう」（友人高月哲夫宛書簡）という思いにとどまり、職場からも去っていない。
それを思い悩む自己嫌悪などを払拭しようと、昭和四年（一九二九）には心機一転、数人の仲間と「花冠」という同人雑誌を始めるが、岡田弘によれば「珉太郎も古い詩を出してお茶を濁し」、小説を書いたりもしたが「むしろ僕と珉太郎は、そのころはよく酒を飲み歩いた」。かつてのように「心から愉快になるという訳にはゆかなかつた」と、『山部珉太郎詩集』の「編集を終えて」という文章で振り返っている。

珉太郎は、昭和八（一九三三）年に「城津《じょうしん》」（ソンチン）という町へ転勤となる。

昭和六年（一九三一）の満州事変勃発以降の京城の気分に堪えられなくなっていた彼は、半ば自棄的に、城津へ向かったという。北朝鮮、咸鏡北道《かんきょうほくどう》（ハムギョンプクド）南端の日本海に臨む工業都市であった。

昭和十年（一九三五）五月には、結婚のため帰省し麻子夫人を娶る。

その翌年、「観光朝鮮」という雑誌創刊に際して、編集者として京城へ呼び戻される。この雑誌は、大東亜戦争勃発とともに「文化朝鮮」となり、総督府から監督されながら、朝鮮随一の豪華な装幀で刊行され続けた。編集者としての暮らしが続く。

昭和十八年（一九四三）には、その彼にも召集令状がきて応召する。三十八歳のときのこと。日本は満州事変で、中国での権益を求めるあまり、その内部に満州国を樹立し植民地化した。朝鮮半島維持のためでもあった。日本のための資源獲得、人口のはけ口でもある。そうした時代の渦中を生きたのが山部珉太郎である。

『山部珉太郎詩集』の第四章は、「朝鮮風物詩」と題されている。

小雨そぼそぼ
ゆうまぐれ
街路樹の柳のもとで
鮮人が　銭をかぞえる
ああ　生きること
さびしいこと

　ゆうぐれ・お伽話が蹲踞《しゃが》んでゐる
川べりにほうけたポプラが並んでゐる
ゆうぐれは古藁いろの風がきて
ぴろ・ぴろ・川みづも光るのだ
あどり……
おもにといつしょにゐればさびしくないか

しろいおもにをとりかこんで

ぽつそりしやがんだあどりたち
青い・赤い……
みんなカチがらすの啼き声で育つたんでせう
おもに・わたしはあなたのお伽話がききたい

おもに・朝鮮語・お母さん
あどり・朝鮮語・幼童

生活

街の隅ずみにひつそりと群がつて
低い藁屋根は何千軒ふせつてゐるのか

こんなに低くてきたない藁屋根のしたで
どんな生活が営まれてゐるのか

ゆうぐれなど　燻ぼれた厨の隅で
おもに・どんな食事を支度するのか
粟飯などを盛つたさばりに群がりつく

汚れたあどりらはどんなふうに育つてゆくのか
おんどるのなかによれよれとよごれて
こんな貧乏な生活はいつまで続くのか

おもに・あぼじ・あどり・
いつたいどんなことを思ひながら暮らしてゐるのか

おもに・朝鮮語・お母さん
さばり・朝鮮語・お椀
あどり・朝鮮語・幼童
あぼじ・朝鮮語・お父さん

アジアにおいて実現されるべき「八紘一宇」、「民族協和」。昭和序盤を蔽う観念の影は、この詩人にも無縁ではなかった。もろくも崩落する理念の影のなかで、山部珉太郎はそのまなざしを、こうして被植民者へなげかけていた。ここには被植民者への思いがある。

詩集中、「朝鮮風物詩」と題した第四章の扉には、「底知れぬ寂しさ、それればかりが僕の朝鮮である」と記しているのだ。彼個人の柔らかな感性がとらえる感傷がこれら詩篇を形成しているといえる。ただ、山部珉太郎は、植民者・被植民者として出会わねばならなかった時代を、朝鮮半島で生きることを選んだのだ。そして、日本の敗戦は彼の人生を大きく左右した。

「誰がみても珉太郎は体質、精神共に軍隊で可愛がられる方ではない。」（合田佳辰）と、友人の目に映る珉太郎も終戦前々年の四月に召集される。除隊のとき一切の書いたものはとり上げられたのに、珉太郎はパンツの内側に袋をつくって日記を持って帰る強靭な意志をもつ人であった。しかし、その彼も帰郷後、行商や農業に従事する日々のうちに、不帰の人となったのである。

「植民地に関わる問題、いわゆる植民地文学などの問題は、日本においてはあたかもなかったかのようにすべてが消えてしまい、結局それが次の時代に、次の問題を考える時のバネや、契機ということにならずに終ってしまったのである。蓄積にならないのだ。」（川村湊「植民地文化と戦後」）という視点からも山部珉太郎や仲間たちを忘れることはできない。

参考文献
『山部珉太郎詩集』（編集発行人・岡田弘）昭和二十九年
日本アナキズム運動人名事典編集委員会編『日本アナキズム運動人名事典』㈱ぱる出版）平成十六年
川村湊『ソウルの憂愁』（草風館）昭和六十三年
川村湊『南洋・樺太の日本文学』（筑摩書房）平成六年

『南海黒色詩集』「記録」「四国文学」など

◆言論と表現の自由

アナキストで詩人の秋山清（一九〇四〜一九八八）は、その著書『発禁詩集』のなかで、「どのような美辞麗句を並べるとしても、民衆に言論と表現の自由を許すことのできる『政府』というものは有り得ないのではないか」という危惧を表明している。

戦後、被占領国となった日本で受けたアメリカ軍からの検閲を、詩の雑誌の上で経験したからである。アメリカは戦時日本の国家権力よりも、かくの如く自由を与えるとしたはず。それは確かに、戦前・戦中に日本の国家権力が民衆を縛っていた表現の不自由、許可と制限の圧力に比べると、「はるかに自由であるかのような思いをわれわれに息づかせたことはたしかであった」(同書)けれども、占領国アメリカの検閲制度は歴然と存在した。

秋山は、「政治問題に容喙《ようかい》することのほとんどなかった小さな同人雑誌に対してすらこの始末だ。」と、占領政策のために求められた禁止や削除の要求について、振り返っている。

支配権力からの圧力は、時の移りゆきとともに浮動する。

明治・大正期にも弾圧の手段として、発売禁止は少なからずあった。しかし、昭和に入ってから、その件数は急速に増加していった。

前項で、山部珉太郎たちの同人詩誌「機関車」の発禁について触れたが、朝鮮ではたとえば内野健児（一八九九〜一九四四）の『土墻《どしょう》に描く』という詩集が、昭和十二年（一九三七）に発禁となっている。彼は太田（テジョン）の中学校教師で、同人誌「耕人」は当時の朝鮮ではよく知られていた。『土墻に描く』は治安妨害をもって発売禁止となり、内野は教職を逐われている。

山部珉太郎の郷里である松山市では、昭和七年（一九三二）の十一月に『南海黒色詩集』が発禁となった。

『南海黒色詩集』はアナキズム系の詩集であった。

この昭和初期のころ、プロレタリア詩は「黒」と「赤」の二系統にわかれていた。「黒」はアナキスト系、「赤」は社会民主主義、共産主義の系統。昭和十年ころまでは、左翼系の詩のアンソロジーが多く編まれる傾向にあった。同詩集もそのひとつ。

松山の新創人社から刊行されている。

発禁は、少部数を発送したところで押さえられることが多く、『南海黒色詩集』も同様の道をたどり、ほとんど世に出回っていない。現在、入手はほぼ望めない。

「四国の松山あたりで、『文学』にこんな形ででも小さいながら黒旗が掲げられたのは、戦前としても珍しいことではなかったか。」と、秋山清は『発禁詩集』で取り上げている。

同書に『南海黒色詩集』から詩作品の紹介はないが、作者と掲載詩篇の数が明記されている。白井冬雄（四篇）、日野忠雄（二篇）、宮本武吉（九篇）、起村鶴充（六篇）、井上弥寿三郎（九篇）、木原健（五篇）ら六人の詩を集めたものであった。

秋山の『発禁詩集』刊行は、昭和四十五年（一九七〇）のこと。その当時、六人のうち消息がつかめたのは、木原健だけであった。この木原が、秋山に発禁当時の回想を寄せている。

それによると、昭和四年（一九二九）ころ、松山に第一芸術社という詩人集団があり、ガリ版雑誌「黒林」を出していたという。ほとんど毎号が禁止であった。メンバーの一人名本栄一の詩集『飢えたる大地』が昭和五年（一九三〇）に発禁となる。それを契機に同人たちは家宅捜索を食い、雑誌もつぶれることになった。

『南海黒色詩集』の中心となった宮本武吉は、その第一芸術社から分かれた一人。彼が巻末に跋文をつぎのように執筆している。「われわれと行を共にした幾人かの人達は昔日の勇敢さを喪失して生活的粉飾の中に逃避し、また思想的に墜落して行った。われわれはさらに戦いの道を突進せねばならない。——階級闘争を主張し、プロレタリア独裁を夢みるマルクス主義とは断然ちがう。個人の自由を蹂りんするマルクス主義とは断固として敵対する」（『発禁詩集』）。

運動の困難さがうかがい知れる一文である。木原は「『南海黒色詩集』の禁圧を最後として、戦前のアナキズム的傾向の詩人らの活動は、この地方ではおわりになったのでなかったかと思う」と述懐している。

秋山は、「そのころ多かった人道主義や農本主義的臭気もなく、アナキズムの立場から自由を叫んだ詩人集団は他になかったのではあるまいか。」（『発禁詩集』）と評価する。

「全巻にわたる反抗的な調子もさることながら、日野忠雄の『出征兵士』宮本武吉の『北満葬送』をはじめとする反戦反軍の気構えが、大陸進出を焦眉現実の方針としつつあった日本国家の方針から、特に忌まれたことであろう」（同書）とも考察している。

満州事変や五・一五事件のころで、「軍国主義が表面に出て、自由を求むる精神の一切を許さなくなり、こんな傾向の文学活動にたいしては、地方都市ほど弾圧が急激だった」と指摘する。

◆「記録」「四国文学」など

残念ながら肝腎の『南海黒色詩集』を未読なので、実際の詩篇をここに引くことができない。ただ、この昭和七年ころの松山の文学青年たちの動きの一端は、かつて取材したことがあり、ここに要約して再録しておこう。

後年、『気まぐれ美術館』の散文で多くの読者を得た洲之内徹（一九一三〜一九八七）。彼は昭和七年（一九三二）の夏に検挙され、美術学校を退学になって松山へ帰っている。東京美術学校建築科に入学した翌年、日本プロレタリア美術家同盟に加入し活動していたのだ。

友人であった作家の大原富枝（一九一二〜二〇〇〇）は、それについて「洲之内徹が左翼運動のなかでなにかをやっている、という意味ではまったくない。彼自身からも話を聞かされたことがあるが、じっさい彼等の美術学校の細胞というか、仲間たちは何もしてはいなかったというのが実状らしいのである。ただ街頭を走りまわっているうちに検挙されてしまい、検挙されたということで左翼運動をした、という実績が出来あがってしまったのであるといってもよかった。彼の左翼運動の話は、すべて警察に捕まってからの拷問の話ばかりであった。」（『彼もまた神の愛でし子か』）と記している。

洲之内の文学仲間である光田稔（一九〇八～一九九八）から、平成十年（一九九八）の夏に当時の話しを取材したことがある。昭和八年頃「伝単」（当時、ガリ版で切って印刷したビラをそう呼んでいた）をある工場へ貼りに行った話しであった。メリケン粉で糊をバケツ一杯につくり、それを提げて夜中に忍び込んだのだ。あちらこちらの壁に「労働者決起せよ」と貼って回った。そういうことをしていたのだ。

その秋に、一斉検挙で上げられる。

光田は四十七日間留置場にいて起訴留保に。洲之内は松山刑務所に未決拘置、暮れになって懲役二年執行猶予五年の判決で釈放になった。

その後、洲之内たちは『記録』という文芸雑誌を、昭和十一年（一九三六）八月に創刊する。彼は表紙やカット、広告のデザインもこなしている。エッセイと文芸評論も発表。編集発行人は光田稔。

高知県出身の作家・大原富枝に、当時を振り返った文章がある。真情溢れるもので、少し長くなるが左記に引いてみたい。


洲之内徹という男にこれから書くであろうかずかずの批判をもちながらも、わたしがこの年齢（七十六歳）になってもなお、あれこれと、どうしても書かずにはいられないこの情熱も、青春の日を同じ四国で山脈をへだてて生き、相原重容という、わたしの生涯に出逢ったもっとも上等の人間であったと思う友達とともに「記録」という薄っぺらな貧しい同人雑誌を中心に寄り合ったあの青春の日々の輝かしさのせいなのだ。左翼というものが、この世で人間の持ち得る最上の正義であり、最上の情熱に値すると考えた、あの若い日々の重信川のあかい夕陽のせいなのだ、と思わずにはいられない。ああ、あの日々、わたしたちはお互いになんとやさしい魂を抱いて生きていたことだろう。そして、お互いになんと貧しかったことだろう。

ペダルを踏んで、
ロシナンテよ、お前と今日も街へ仕事を探しにゆく。

仕事は今日も駄目かも知れないが、
ロシナンテ！　夕陽の美しいこの堤の道を、くれないの水がひっそりと橋の影を映しているこの川岸の小径を、二人でまた帰ろう。

くれないの水に映る黒いお前の影を眺めながら帰ろう。へたばるなよ、ロシナンテ！

相原重容があるとき書いてよこした詩の一篇を、わたしは思いだす。重信川は、松山の郊外を悠然と流れて伊予灘に注ぐ大河である。その河口に近い、相原重容の家のあるあたりに架る橋の夕映えは、じつにこの世のものと思えないほど美しい。くたびれ果てたロシナンテのペダルを踏んで、空しい職さがしから帰ってくる彼のことを思って、わたしは、四国山脈をへだてた吉野川の川原で、同じ夕映えを見ていた。
左翼の経歴のある青年に、ただざえ不景気の絶頂にあったあのころ、就職のあてはまるでなかった。

（『彼もまた神の愛でし子か』）

この相原重容《しげやす》（一九一五〜一九四三）は「記録」の同人で、長坂一雄という筆名で多くの小説を発表している。高見順がその才能に惚れこんだほどの力量を持っていたけれど、惜しいことに戦病死した。高見は彼の個人誌「新公報」に小説を書くように言ってきたのだ。その才能を嘱望してである。

大原富枝も「わたしにとって『記録』が何よりも懐かしいのは、相原重容という青年がそこにいたからである。」、「電話のないそのころ、わたしたちはじつにたくさん手紙を書き合ったものである。一日の朝手紙を書いて投函し、午後先方からのたよりがあってまた夜返信を書くといった繁多さで、いわば、そのころは手紙を書くことがそのまま文学修業であった。」、「彼方の空に架っているのは文学という虹のはずなのに、なぜかそれが人間の形になって存在する。」（「虹の人、相原重容」）と、文学を介しての濃密な交友を回顧している。

文学に心寄せる若者たちの交歓の、なんと輝かしいことか。

相原は、敗戦の色が少しづつ濃くなりつつあった昭和十八年（一九四三）十一月に応召。中支を転戦し、翌年瀏陽で病に倒れた。

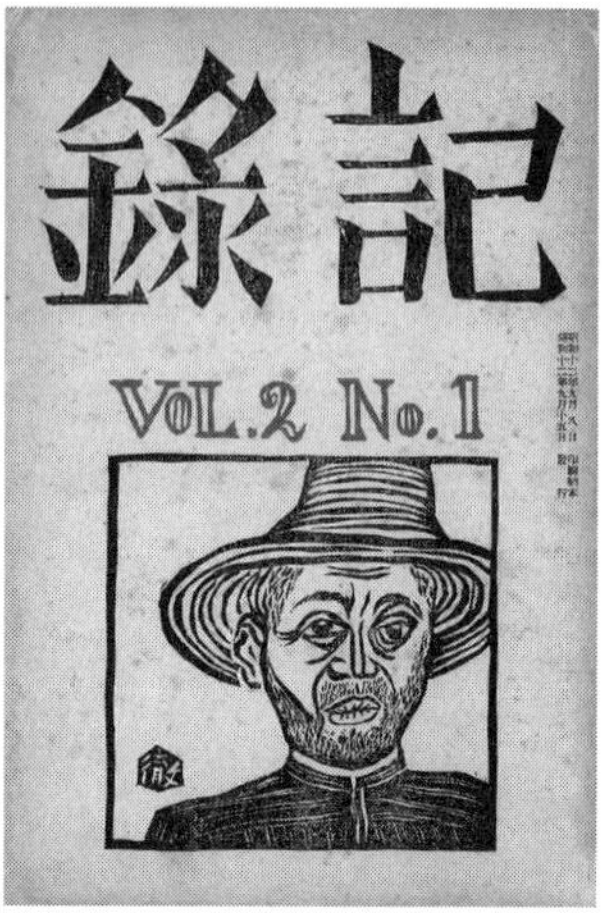

記録 Vol.2 No.1 昭和 12 年 9 月の「記録」。表紙は洲之内徹が作成。「アンナ・カレーニナのスノさん」と仲間が評価した青春の日の力作「アンナ・カレーニナ」随想はこの号に掲載。

「記録」は「四国文学」、「四国文化」と改題を重ねながら発行をつづけた。改題の理由は、戦争が激しくなっていくにつれ、こうした地方の同人雑誌にまで政治的な干渉が及んだからであった。

『南海黒色詩集』の詩人たちの名前を「記録」や「四国文学」「四国文化」誌上で探してみたが見当たらなかった（わたしが目を通すことができた十二冊では）。

ただ、「記録」第五号（昭和十二年四月）、第二巻第四号（昭和十三年七月）、復刊第一号（昭和十五年二月）には、小説と随想に小林潤三の名がある。これはガリ版雑誌「黒林」のメンバーであった名本栄一であり、彼は小説も書いていたので交流があったのであろう。

その名本は「私が、光田稔さんらとプロレタリア文学運動に参加していた時、昭和八年九月末に思想犯の一斉検挙という権力の暴挙があり、特高刑事の手で手きびしい取調べを受けたことがあった。…略…その時の一斉検挙の方針は洲之内徹を中心とする文学運動の弾圧」（「残照の記」十一）と回顧していて、その絆がうかがえる。

ここでは、「記録」第一巻第六号（昭和十五年九月）に発表されている詩を読んでみよう。この号に唯一掲載された詩篇である。

八月二十日
――○○部隊に捧ぐ

――淡路　惺

土に突伏した銃手の
真黒い手が戦き
火線が散る。
追撃　追撃
過去と現在と未来が
血走つた眼に
錯倒して飛ぶ。

兵士一人たほる
あゝ、母の顔がわからぬ！

呻吟と幽鬼漂ふ夜
銃剣鈍く光り

蒼白く炎するとき
戦友の肉体は
一にぎりの
塊と化す。

疾風走り
再び　動員下令。

酷暑地を煆き
田畠を白く乾す。
汗を呑み泥を吐き
怒号と喧噪の渦に
完全軍装に行軍する
鉄兜の灰色の波。

灼熱の炎天下に
兵隊の表情は硬直し
膝を折り戦帽が傾く。

稲田に転げこむ者
一人　二人　三人
精鋭〇〇部隊に
血の泪がのたくる。

あゝ小川の水温み
可憐紅に咲く
にち〳〵草のあか茎に
やがては蟹も
しづかに這ひ出やう。

君、覚えてゐるだらうか
昭和〇〇年八月二十日の
××街道を……

（一九四〇、六、三一）

作中の〇は検閲による伏せ字なのであろうか。
なんとも、生々しく戦場が描かれている。作者は出征中で、戦地からの送稿だろうか。作品末の日付（一九四〇、六、三二）は、制作年月日か。最終二行目の「昭和〇〇年八月二十日の」というからには、内容は制作年以前のことが描かれていることになる。

目を通すこと可能な「記録」など十数冊には、あまり時局色が露わではないが、この作品は時局色というよりは、戦場そのものが描かれていて貴重だ。

洲之内徹が軍属として北支へ渡ることになったときの号から、「記録」は「四国文学」と改題される。「四国文学」五月号（第二巻・第三号、昭和十六年五月）からも、一篇の詩を引いてみよう。

山村入隊見送り風景

谷　英行

いよ〳〵出発時刻だ
坂道を駈けるやうに勢こんだ人々……
総数八十七名
たつたこれだけかといふのはおよしなさい
各戸から二人乃至三人は出てゐるんだ
一里余りの山坂を駈けて来たのもあるのだ
幟は少し余計すぎるやうだ
まあ今のところこれでもよいか
少し銘丁しすぎてゐる者もあるが

まあ〳〵これも暫し大目に眺めるべきことか

×

あんな小さい宮の前で儀式するのはをかし
いといふのはおよしなさい
これでも御先祖がおはす鎮守様だ
岩ばかりの山肌を見て下さい
あのやうな土地を拓いてくださつた神様だ
その子孫の若人が
今こそ巌のやうな逞しい腕を振つての入隊だ
大東亜の開拓勇士として壮図に上るのだ
初めてとかいふ〇〇船に乗つて
〇〇を乗り切るといふあの胸中の炎を見給へ
おごそかな風景ではないか
又見送人の眼をぢつと見てごらん
銃の林がうつつてゐる
砲煙がうつつてゐる
飛行機がうつつてゐる
日の丸が

あゝ
畏くも上御一人の御姿がおがまれる
×
きゝましたか
あの万歳の力強さを
大地がゆれるやうではないか
娘さんの声が太すぎるなんかいはないこと
十五六貫の荷さへ擔ふ娘だ
あの大木のやうな脚、腰
興亜があそこから産れるのだ
×
隊列は乱れるとはいへ
一年生も老人も
凹凸の坂道をなんと身軽に歩くことよ
皇軍の進撃さながらだ
×
万歳の声は谷間に溢れ
遥か山巓の光を仰ぎながらすゝむ

わが山岳部落民の大行進を誰か写真にとって
　くれ給へ

この詩篇には、何の屈折もない。素朴なリアリズムで出征風景が書き留められていて、その様子はいまとなっては、稀少な証言となっている。

同じ号では、坂本石創の「歌日記」が、時局を反映するものとなっているので紹介しておこう。坂本は八幡浜商業在学中から、「文章世界」に投稿し田山花袋に認められた自然主義の作家。上京し、花袋の計らいで、信濃毎日新聞の学芸部長をつとめた。しかし、昭和四年（一九二九）、考え方の違いから花袋と絶縁し帰郷していた。

「歌日記」から抜粋すると、〈皇紀二千六百年の十一月三日――明治の佳節を壽《ことほ》ぐため、火の国九州の大阿蘇に遊びその夜は栃木《とちのき》温泉に泊る。〉とあり、〈午前九時久住の山を見はるかす車中からなる皇居遙拝〉、〈われをの子今日のよき日に生れ来ていでゆにひたり心猛るよ〉など数首が詠まれている。

昭和十五年を、神武天皇即位から二千六百年としたのが皇紀二千六百年。十一月三日は明治天皇の誕生日で明治節とされ祝日であった。皇居遙拝は天皇への忠誠を誓わせる運動のひとつ。日本や大東亜共栄圏において、皇居の方向に向かって敬礼をする行為。宮城遙拝ともいう。当時の人々の雰囲気をよく伝える詩文といえる。

ほかにも、〈三月二日は興亜奉公日あけの日曜日――松籟荘の庭の一隅にある紅梅と白梅は、今や正に満開をつげようとしてゐる。主人を中心に風流の士七人集りて、ふくべを取囲み観梅をやる。〉とある。

興亜奉公日は、国民精神総動員運動の一環として実施された生活運動。昭和十四年（一九三九）九月一日から毎月一日をあて、飲食店での飲酒を禁止するなどした。いわば生活規制である。こうしたものに目を通さなければ、今となっては興亜奉公日なる日があったこともなかなか伝わらない。

この観梅で詠んだ歌は〈わきもこの唇なれや紅梅の半ば開きて庭に立ちたり〉、〈白梅は君の素顔かりんとしてつゝましやかに咲きそめにけり〉、〈紅梅は君のえまひよその色のあでやかにして恥らうらしも〉などとあって、太平洋戦争前夜で、まだまだのんびりとした雰囲気があったことが伝わるものだ。

参考文献
秋山清『発禁詩集』（潮文社）昭和四十五年
大原富枝『彼もまた神の愛でし子か　洲之内徹の生涯』（講談社）平成元年
大原富枝『四国を想う』（えひめ雑誌）平成四年一月〜平成五年十二月
季刊「アトラス」９号（インデクス）平成十年
「記録」第一巻第六号（昭和十五年九月）
「四国文学」五月号（四国文学社）昭和十六年
「アミーゴ」第十三号・昭和六十年

木原実（木原健）　大正五年〜平成二十二年（一九一六〜二〇一〇）

◆ウスリーの荒野で

先述のアナキズム系アンソロジー『南海黒色詩集』に関する執筆時、筆者の秋山清に回想を寄せた木原実とは、同集に五篇の詩を収めた、かつての木原健である。越智郡桜井町（現・今治市）生まれ。昭和五年（一九三〇）春頃から詩を書きはじめ、「南海新聞」文芸欄に投稿。

木原は戦後いちはやく早く刊行した詩誌「コスモス」の同人であった。これは岡本潤、金子光晴、小野十三郎、秋山清らが結集した同人誌。そうした絆があり秋山に向けて『南海黒色詩集』について語ったのである。

木原は『南海黒色詩集』当時、旧制今治中学の学生であった。十代から労働運動に関わっている。今治中学は中退。岡本潤、草野心平らと文通。昭和八年（一九三三）春、岡本潤のすすめにより上京。昭和十年（一九三五）十一月に無政府共産党事件による検挙にからみ逮捕。治安維持法違犯で懲役三年執行猶予五年で釈放される。取り調べで特高警察から受けた屈辱を終生の糧とした。昭和十七年（一九四二）応召。東部シベリアと中国東北部を分かつ国境の河、ウスリー江河畔に陸軍の下級兵士として送られた。

中国大陸北辺の荒野、戦場という環境にあって木原は、やみくもに詩の断片のようなものを書きつけていった。目の前の風景を書きとめようとした。風景をつかむことによって、自分をつかまえようとした。

それは、当時のアナキズム系の詩人たちの姿勢であった。既に表現の自由などまったくない状況に抵抗して、それでもなお詩を書きつづけるために、きりとった風景自体に現実を語らしめる、という方法である。小野十三郎たちが主導したのであった。

風の中

イリンスキー台の正面から
猛烈な西風。
草は騒いで
望楼はいまにも倒れそう。
ときどき、ソ連兵の合唱がきこえてくる。
ぼくの銃身に
その声はさかまいて　消える。
銃を抱いて
ぼくは風の中を歩く。
吹きとばされそうなシベリアおろしの
風が吹きつのって、ぼくの中に消える。

春

ごろんと横になった顔の上に
シベリア中の春がかぶさってくる。
ああ。ぼくの軍帽の上に
シベリアのそらが
弓なりに伸びてくる。

鏡

砕かれる鏡があって
ぼくの空。

まつろわぬもの
哀号と叫ぶものら。
引き鉄のさきの
阿鼻叫喚。

わが兵隊の精神を照らし
恐怖のなかに映るもの。

つめたく光るガラス玉の
砕かれるいさぎよさに
ぼくの空がある。

漂う草

シベリアの
夏のいぶきの
むれかえる遠くのほう。

国境をうずめ
人骨と砲車をうずめ
津波のようにのたうつ草。

草はさわいで
花もつけず
水のようなものになって
そらにつづく。
戦場を
草が漂う。

部落

花《ほあ》と名のる姓ばかりの
部落があった。
みんな日本人のたねだというので行ってみた。
とうもろこしの繁る
山畑のかたすみに
揚柳を植えた農家が五・六戸。
ろくに言葉もつうじぬので
冷たい水を貰ってのんだ。
目のきつい娘が

土壁のかげから
恐ろしい顔つきでこちらを見ていた。

山姥

息子は死んだと山の方を指す。
目が青くすわり
ニッと笑って
子どもはおまえたちに殺されたという。
頬がこけ、唇の赤い老婆。
血の気のない顔に
山のかげりがすいて見える。
トウモロコシをもいだ手がふるえている。
連山山脈
摩天嶺の下
やせた山畑がゆきどまり
高粱がしなびて実るあたり
山姥《うば》がひとり

棲んでいる。

これらは木原の第一詩集『漂う草』（一九七五年）に収められたもの。ウスリーでの経験が色濃く投影した詩篇である。

木原自身、「私は二十歳代の後半の足かけ三年ほどを、ウスリー原野の草のなかで、自分の運命をも左右する権力というものをみつめていたのである。それが、私の詩を書くモチーフであったといまにして思う。」（『木原実全詩集』あとがき）と明記している。

『木原実全詩集』も、こうしたウスリーにおける体験をふまえた詩篇から始められている。『南海黒色詩集』に木原健として発表した五篇は収録されていない。通常、全詩集にはその詩人の詩業が網羅される。木原は、自分の思想を足下から支えた、ウスリーの日々における強烈な体験が決定的である、という一事を詩業の出発として示したいのだ。

アンソロジー『南海黒色詩集』に収められた「木原健」名義の詩を読むことはかなわないと考えていたところ、秋山清の「南海黒色詩集と愛媛の詩人たち」（自由連合92号）という文章中に、次に引く、同詩集に収録されている木原健の作品が紹介されていた。秋山はこれについて、「この木原健の当時の詩にはいい知れぬ若さがある」と評している。

ひからびた人間共が無数に転がっていました。
生きることを拒否された僕達の仲間だったんです。

おら達は生きているのかな

それとも死んでいるのかな

ジトジト雨が降ってたんです

そこで僕達は考えねばならなかった

（骨が書いた詩Ⅰ）

木原は、「思えば私の生きてきた戦中・戦後という長い時代は、強大な権力が人びとの上に存在しつづけた時代である。上に存在しただけでなく、権力はしばしば人の内面にも深く介在し、私たちの生き方を翻弄した。私が詩を書くということは、結局のところ、この権力の存在を認識し、人間支配の権力に抗することだったのではないかと思う。」（『木原実全詩集』あとがき）と、彼の詩的発語の根元を明かにしている。

木原が目にするウスリーの荒野には、広大な自然が広がっていた。しかし、彼にとってその一木一草が権力の意志によって、よろわれた戦場であったというのだ。

『漂う草』や『木原実全詩集』、歌集『恋うた』（木原は若いときから歌も詠みつづけている）の発行日付は「八月十五日」。エッセイ集『冬晴れの下で』は「十二月八日」。

歳月の経過とともに、木原の内部には戦時の日々へのこだわりが、よりいっそう深まっていったことがうかがわれる。そこには、風化させないという一念が滲んでいるではないか。

木原の戦後は、政治と詩作の日々であった。

彼は、日本社会党総務部長などをへて、昭和四十二年（一九六七）衆議院議員総選挙において、千葉県第一区で当選し、以後五回の当選を重ねたのである。

参考文献
『木原実全詩集』（オリジン出版センター）昭和六十一年
秋山清『発禁詩集』（潮文社）昭和四十五年
日本アナキズム運動人名事典編集委員会編『日本アナキズム運動人名事典』㈱ぱる出版）平成十六年
「南海黒色詩集と愛媛の詩人たち」（自由連合92号）昭和三十八年十月

永井叔《よし》　明治二十九年〜昭和五十一年（一八九六〜一九七六）

◆音楽托鉢・大空詩人

異色の詩人について触れておこう。

マンドリン片手に、「お互いは大空のように」と墨書した襷《たすき》をかけ、腰にはチラシ「大空詩聞」を提げて街頭に立ち、全国を音楽托鉢した信念の人。襷にはほかに「すべては大空のように」、「すべてはエスペラントのように」とも。永井はエスペランティストでもあった。

「大空詩聞」の詩には、左記のような作があった。

オトナ達よ
週に一度でもよい。
コドモらと
モミクチャになって遊べ。
少しでもよけいに
天——大空に近づき得るために。

大空のオキテ
教はったよい事は
何でも
必ず教へませう。

今はしも
各人《ミナ》、大空《キリスト》であれ
黒き友も
白き黄色き
各人《ミナ》釈迦《キリスト》であれ

大正四年（一九一五）松山中学を卒業し、関西学院・青山学院・同志社の神学部を転々とするが何かちがう。自由を求める精神に溢れた永井の彷徨である。牧師を志したり、仏教の道に向かうが満たされない。転機を迎えるのは軍隊生活であった。

永井は大正七年（一九一八）に入営する。二十二歳のこと。

朝鮮京畿道《けいきどう》（キョンギド）龍山《りゅうさん》（ヨンサン）の歩兵第七十八連隊である。同連隊は大正五年

（一九一六）に設置されたばかりであった。

古参兵からは大学にいたというだけでしごかれる。「貴様は、社会主義者だろう。この朝鮮の部隊へ来る奴は、炭坑夫か、仲士か、社会主義者のうちのどれかだが、貴様は、いったい、そのうちのどれだ。どうだ、返事が出来ないだろう！」、そして鉄拳を浴びる。

さまざまなリンチも経験した。朝鮮の冬の極寒峻烈のもと、古兵の洗濯物や諸整理を怠ると、寝台の下のはやがけや、直立（気をつけ）をやらされる。スリッパや往復ビンタの猛襲、一時間におよぶささげつつ。

リンチだけではない。軍隊にいるからには、意に添わないけれどもひきたてられて、「統治される朝鮮同胞への愛（同）情を胸一杯にもち乍ら、いやいや暴動鎮圧にもついて行った」のである（「さあ営倉へなりと」）。

永井にとっては心身ともに辛い冬がようやく終わり、営庭のポプラにも芽が出そろうころになると、作詞作曲に耽《ふけ》る時間もつくりだせるようになった。「からだ――肉体は、こんなに監禁束縛されていても心魂思索は自由奔放、恰も小鳥の如く、どこへでもはばたき飛んで行けるものかなと、つくづく思ったことである」（「さあ営倉へなりと」）。

　　ポプラの春

春の琴ひく竪琴弾者

ポプラの緑は伸んで行く

春の小風が吹きよせる
おさな葉ひらり
舞いに舞う
おおうつくし
ポプラのサンブュカ*

* sambuca ＝ 近東ギリシャの昔の弦楽器

その後、目をかけてくれていた上官の勧めで看護卒を志願、試験を受けて及第し、病院勤務となる。「あの大好きな、自由型の民衆詩人ウォルト・ホイットマンも一看護卒だったということが、どんなに私を喜ばせてくれたことか」（「同」）と、合格者一同の記念撮影にその詩集を持って写ったという。

永井の家は、代々松山藩の御典医であった。

しかし、やはり軍隊の日々は堪えがたい。なんと、それを脱するために、彼は自ら入獄を企むのだ！「連隊旗という一種の偶像を抜剣で斬ってやろうか。それは、わが敵、軍国主義をぶったぎることだ。それとも、われ天皇の命に従うこと能わずと連隊長の前で喚いてやろうか。反戦の為の闘争開始だ！　もとより〝暴動鎮圧〟なんかには行かないぞ。てっとり早いところ、Kら古兵の奴等を抜剣でおどかしてやろう。あの炭坑や仲士の野郎もないでやれ。そうだ！　嵐山花五郎か幡随院長兵衛で行け。万が一、斬る時には動脈のない所を軽傷程度に。まあ、入獄三ヵ月分位が好い所だな。」（「同」）、そう決意し決行したのだ。

まず、歩哨をだまして無断外出をした。騒ぎになったころ戻って、上官に騒動をしかけ抜刀する事態をつくりだしたというから、驚くべき無鉄砲というか、大胆な所業といえよう。

軍法会議での判決は、禁固二ヵ年。

理由は、(1)上官侮辱、(2)兵器使用上官暴抗、(3)哨例違犯。

ひとまず、龍山衛戍《えいじゅ》監獄の独房に収監され、その後憲兵の護衛のもと、網代笠を被らされ、手錠を両手首にはめられ、網つき肱詰め(両肱の上から荒縄で胴躰を絞めあげ、その先っちょが尾のようになって堅く憲兵のゴツイ掌に握られている)のまま、汽車と船を乗り継いで、九州の小倉衛戍監獄に送り込まれたのである。

永井は獄中で、今後の人生をどう生きるか考え抜いた。そして得た結論は、

　生涯、命のある限りは、バイオリン又はマンドリンを携げて托行し、路傍で、よしんば、犬の如く又ジプシイの如く朽ち果て、行き倒れしようとも、ただ人の世を慰め、且つ救い、この穢土《えど》厭世《えんせい》へ天の幸福と絶対平和をもたらすために「せめもはじも死もほろびも」耐え忍ぼう。代々、医の家系である自分は心(霊)の方の医を継いで(或はキリスト、フランシス、釈迦、ソクラテス、ダイオジニス、乞食桃水、良寛などのように)路々の不遇を慰めるのだ。

(「さあ営倉へなりと」『大空詩人所収』)

という道の選択である。独自の宇宙観、自然観に基づいて実践を試みる音楽托鉢の構想を、強い

決意をもってあたためたのだ。特筆すべきは、その後の永井は戦中、戦後も生涯にわたってそれを実践したことである。

この在獄中、平和を求める『緑光土《おおぞら》』を執筆し出獄後に出版。アートレスネス、アートフルネスという二人の人物が、前者は愛という事のために「土」と「花」を売ろうと、人生の南端から北へ北へと行く。後者は「黄金」や「武器」、「肉」を売ろうと北へ歩むという幻想を綴ったのだ。

永井叔には人を惹きつける、不思議な人間的魅力があったようだ。

当時、獄中で執筆が許されるなどということは異例中の異例。さらに、あの時局下、朝鮮や日本で街頭の音楽托鉢をやり抜いたことは容易ではない！

街頭での演奏には、警官や通行人から「そんな歌ではなくて、軍歌をやれ」などと迫られることも多かった。それでも、なんとか切り抜けているのである。

警視庁検閲課から呼び出され「『大空詩聞』に書いてある事柄文句は聖戦に不協力な点が多いからおおいに改めよ」と、火の出るような叱責を受けたこともある。それなのに、帰り際には警視庁内で、マンドリン演奏を所望されて披露したことなど、彼の人柄が偲ばれる逸話には事欠かない。

多くの市井の人々をはじめ、北原白秋、中原中也、高村光太郎、伊丹万作、桜井忠温、野尻抱影、辻潤、秋田雨雀、灰田勝彦、堺利彦、賀川豊彦、山田耕筰らと親しく交わっている。

昭和十七年（一九四二）には、永井をモデルとした大空詩人（演じるのは榛名洋）も登場する「釜芋さん」（演出・久保田万太郎）が、東京有楽座で上演された。女流画家の釜芋さんには水谷八重子。

屋台で大空詩人が飲酒する場面があり、酒を飲まない永井やその支援者たちが謝罪広告を求めて抗議するという一幕もあったようだ。

永井は病院、養老院、児童施設等々を慰問して社会奉仕に没頭。疎開児童の慰問も重ねた。農山村文化協会の慰問班に参加して諸農山村を回った。大政翼賛会の慰問隊や軍病院や工場も。

しかし、敗戦前年には「大空詩聞」も当局から、廃刊に追い込まれる。

空襲が激しさを増すなか、彼は巻脚絆に鉄兜といういでたちで、焼け残りの街々を、失意の大人たちを、疎開をはずれた子どもたちを各地に訪ねては、音楽托鉢ではげましつづけた。

芙蓉航空器株式会社の疎開先である、長野県下伊那郡竜丘桐林へ赴いていた八月十五日、終戦のラジオ放送を聞いた。

「その瞬間から治安維持法と憲兵や特高警察の赤や桃色狩り——苛酷極まる弾圧なるものが日本全土から消失して、ああよかったな！と私は思った。」と、著書に認《したた》めている。

余談ながら、京都の立命館中学生であった中原中也と女優志望の長谷川泰子が出逢った一件には、この永井叔が関わっている。広島の教会で永井と泰子が知り合い、東京へ出奔するが、関東大震災のため、二人は関西へ戻って来ていたのだ。これについては、長谷川泰子述・村上護編『ゆきてかへらぬ』（講談社）に詳しい。

ついでに、もうひとつ。昭和二十六年（一九五一）には、雑誌「主婦の友」六月号の写真小説「街の音楽小天使」で、美空ひばりの父親役で永井本人が登場する。

その内容は「私（青空楽人）の一人娘（ひばりちゃん）が興行師である旧友の認める所となり、

流行歌手となって一流の劇場等で非常な人気を得るが、父親（私）は、それを、いつかな、好まず、下宿屋の娘（大映女優で、望月優子、楠トシエ、菊岡久利等と共にムーランルージュをもりたてた宮地晴子）と共に、娘に説いて、もと通り街道に立たせ、街の子らに迎えられつつ貧しい子供らと共々に、清貧に甘んじ乍ら、芸術味あふれた「よい歌」を歌って暮らすようになる」（『青空は限りなく』）という話であった。

戦中・戦後の永井を貫いていたのは、つぎの詩にみられる思想である。

だぶだぶの詩

友よ。
だぶだぶの帽子をかぶり
だぶだぶの靴を穿き
だぶだぶの服を着て
歩こう。
そして
ゆったりと
だぶだぶの言葉を語りあい
ゆっくりと
だぶだぶの話を聞きあおう。

しかも、さらに
だぶだぶの
大空（青空）を穿き
だぶだぶの
大空（青空）を被《き》て
ゆったりと
世紀と四季との旅路を
歩きつづけよう。
友よ。

参考文献

永井叔『大空詩人』（同成社）昭和四十五年
永井叔『青空は限りなく』（同成社）昭和四十七年
『愛媛県百科大事典』下巻（愛媛新聞社）昭和六十年
長谷川泰子述、村上護編『ゆきてかへらぬ』（講談社）昭和四十九年

野田真吉　大正四年〜平成五年（一九一五〜一九九三）

◆軍隊に召集され詩を放棄

昭和十四年（一九三九）、第二乙種補充兵だった野田真吉に召集令状がもたらされた。真吉は二十四歳であった。

武漢攻略作戦が終了した武昌《ぶしょう》に駐留している輜重《しちょう》部隊の、補充交替要員として送りこまれた。輜重兵《しちょうへい》であった。輜重兵は兵站《へいたん》業務を主に担当する。水や食糧、武器弾薬、各種資材を第一線部隊に輸送し、要は後方支援を担う。

真吉は出征に際して考えた。自分の死は時間の問題になった。自分は名もない兵隊の一人として死のう。そう決意した。「うじ虫同然にふみつぶされて死ぬだろう自分に徹しよう」（詩集『奈落転々』）と考えたのだ。一切の筆を断つことにし、ノートや原稿類をほとんど処分して応召した。

足かけ五年間、戦地にいたが幹部候補生志願も下士官志願もしなかった。一緒に召集された農民や労働者出身の補充兵たちとともに、兵隊の一人として、いつも行をともにした。

武昌に到着直後、部隊内に真性コレラ患者が連日発生する事態に直面する。彼らは漢口《かんこう》の兵站病院に擔送《たんそう》中、ほとんどが死亡した。隊内はパニック状態となったが、防疫に努め二ヵ月で終息。しかし兵隊の体力は衰弱し、師団司令部は古年兵の交替兵たちを本土の原隊に帰還させる。

たまたま本部の主計室要員だった真吉は、多くの戦死者や病死者の遺骨箱と共に六月に善通寺の原隊へ帰り、そのまま召集解除となった。

思わぬ幸運を拾った真吉は、急ぎ上京し撮影所に帰った。しかし七月にはロケ地の秋田へ再度の召集令状が届く。こんどは、北満州のソ満国境に近い虎林《こりん》の歩兵部隊に配属された。そこは冬季が半年に及び、零下三十度前後の極寒地帯。零下十五度なら、今日は暖かいと言い合ったという。香川県善通寺から、千名近い召集兵、百頭ほどの馬匹が数隻の輸送船で朝鮮の釜山へ。そこからは、軍用貨物列車で一週間ほどかけてようやく到着。対ソ連戦にそなえた前線基地であった。彼は、当時の経験を左記に引くように回想している。

足掛け五年間にわたった私の兵隊生活、極寒の地の国境守備の兵隊生活は、私にさまざまな体験と見聞をもたらした。虎林周辺に入植した開拓団のこと、兵隊の慰安の町であり、スパイのいり乱れた町であった虎林のこと、冬期演習で、凍死寸前にまで追いこまれた部隊の遭難事件のこと、トーチカ下の谷間の枯草のなかにみたおびただしい白骨群、皆既日蝕をしげしげと見たこと、病死した戦友の火葬をして人体の焼けてゆく過程を観察したことなど、今も多くの追憶となり、私の体験となって生きている。

それらと同時に、私は天皇制軍隊の非人間的メカニズムのなかに「鉄砲玉の滓」にされる同じ運命、同じ境遇におかれた、農民や都会にでた商店員、日稼労働者であった兵隊たちと日夜の起居、行動をともにして、私の育った小市民的で観念的な生活意識や心情を大きく変えてくれたことが貴重な体験であったと、今にして思えばいえる。

（「戦前、戦中のこと」・『ある映画作家』所収）

◆死ぬであろう時まで、気ままに詩でも作って

野田真吉は八幡浜市出身。南宗派画家・野田青石を父にもつ。二人の兄と一人の姉の末弟。十五歳も年のはなれた次兄・稽造《けいぞう》が八幡浜商業で五年間、高橋新吉と同級で親しく、新吉のノイローゼがひどく昂じた折りに、東京から付き添って帰省したこともあるような仲であった。真吉は早熟な文学少年として成長した。

高橋新吉がダダイスト詩人として、華々しく活躍しはじめたころ、次兄の稽造は早大商学部に在学し、チェーホフや正宗白鳥を愛読し、みずから短篇小説を書いたりしていた。稽造は卒業後、銀行に勤めたが太平洋戦争で戦死する。

真吉はこの兄のすすめで、早稲田大学の第二高等学院仏文科に進んだ。

詩を志していた十八歳の真吉は、高橋新吉を訪ねる。新吉に呼ばれた席は、新しい雑誌を出すための会合であった。そこには中原中也や高森文夫などがいた。

新吉は三十五歳、中也が二十六歳、高森は二十二歳。

はからずも、詩誌「半仙戯」の創刊という縁により、真吉は中也や高森と親しく交わることになり、同誌に詩を発表することとなった。

「半仙戯」の創刊は昭和八年（一九三三）五月。主宰は石川道雄、のちにホフマンなどを研究したドイツ文学者、詩人。このとき石川は府立高等学校（現在の首都大学東京）でドイツ語の教授であった。日夏耿之介に師事していた。初めての席で、ずっと聞き手にまわっていた真吉に、その石川が「野田君も詩を書けよ」と、声をかけてくれたのだ。

高森文夫は東京帝国大学のフランス文学科二年生、宮崎県延岡の出身で、豊予海峡をへだてて向かい合う八幡浜生まれの真吉とは、すぐに親しくなった。

真吉は左記のような作品を発表している。これらは彼が兵役についたとき、母親が箱に整理して保存していたものだという。

供物

しんしんと滄海《わだつみ》　たかく光り
秋雲となる
荒縄のいましめに
首ながく　くれてやる鴨
もろ羽根　風白くたけて垂れ下がる
放尿《いばり》すれば野菊つどい咲き
老母　皹《ひび》走る鏡面を
影れる湖《みずうみ》とかこち笑ふ

狩の笛
こだま　いだきて帰りくる――
夜更け　蕭々《しょうじょう》の雨　かよふ

（「半仙戯」二号・昭和八年）

無題　――古調心象抒景

黄昏ちかき
晩秋《おそあき》の
古鏡の如き空は映ゆ。

蒼き影、いや蒼し
石甃《いしだたみ》の上《え》。

歳月けみて　朽ちはてし
井戸の滑車《くるま》の如《ごと》、
鳴きつ
をりたち　あゆむ
雉一羽。

燦々と
柘榴　砕け落ちたり
このまれびとの来迎《らいげい》か
落ちゆく雲の炎
咬みしめ。

（「半仙戯」五号・昭和八年）

文語体の小曲。どこか若やいだ一脈の哀傷、哀切が何かしら余情を帯びて奏でられている。音調も快く耳に響く。詩への憧憬に傾いて、真吉のそれにかける夢の世界が築かれているような印象だ。

中也や新吉、そして高森たちとの交友の日々が続いた。中也が亡くなった昭和十二年（一九三七）に、彼は大学を卒業する。「だが、私は就職する気がなく、皿洗いでもして、遅かれ、早かれ、兵隊にひっぱりだされ、死ぬであろう時まで、気ままに詩でもつくって二度とない青春を精一杯生きてゆこうとおもっていた。」（「戦前、戦中のこと」・『ある映画作家』所収）という。戦争が、若者の心にそうした影を投げかけていたのだ。

ところが、大学の恩師である吉江喬松文学部長と西条八十教授の二人が、この無鉄砲で暢気な学生を心配し、P・C・Lの撮影所が実施する大学卒の助監督試験に推薦状を書いて、受験を勧めてくれたのであった。

出かけてみると、幸い採用となった。撮影所は砧にあった。

入社直後、P・C・Lは東宝映画に改組され、真吉は、記録映画制作部門である第二製作部に配属される。

中国での戦争が泥沼化、戦時体制はいちだんと強化されていく。文化統制立法のひとつである映画法が制定され、劇映画と文化映画の併映が映画館に義務づけられることに。

そのため、大手映画会社・ニュース映画会社・短篇映画会社は色めきたち、東宝文化映画部も組織を拡大し、陣容を強化してつぎつぎと制作を急ぐ流れがあった。

昭和十四年（一九三九）、入社二年目の真吉も演出課に抜擢され『郵便従業員』という作品を演出する。大都会から瀬戸内海の小島に郵便がとどけられる逓送過程をドキュメントした作品であった。さらに、『子供に遊び場を』、『農村住宅改善』と手がけるが、第三作完成直後に召集令状が舞い込んだのであった。

武昌から善通寺の原隊へ戻り、そのまま召集解除となったことは先述した通り。急ぎ上京し、職場に復帰する。しかし、前述のように第四作目の『僕たちは働く』の撮影に入ったところで、再度の召集令状がロケ先の秋田に届けられたのであった。そして、ソ満国境の虎林まで行き、昭和二十年（一九四五）春まで駐留することになったのだ。

虎林付近の丘陵地帯には、無数の堅固なトーチカ陣地、広い地下食糧庫、火器類の倉庫、弾薬庫がつくられていた。

真吉は中隊付の輜重《しちょう》隊の一兵卒。中隊の班は四班で、班付下士官をのぞくと、班の兵隊全員が一緒に召集されてきた予備補充兵。ほとんどが愛媛と徳島両県の農村出身で、既婚者、子どももちの者が半数を占めていた。平均年齢は二十三、四歳であった。

昭和二十年、最高戦争指導会議は、一億玉砕本土決戦体制の方針をうちだす。本土防衛のため真吉の部隊にも帰還命令が下る。

部隊は高知県の高知市へ。五台山の集落に駐屯する。海岸に海軍の飛行場があったが、敗戦の日まで、一度も飛行機の発着を見ることはなかった。土佐湾海岸に散兵壕を掘り、山手には横穴の防禦陣地を毎日掘りつづけた。

死ななければ帰れないと思いつづけた郷里の近くに戻れた、と思った。「待っているのは死であろうと何であろうと、私たちは心の底にある郷土の土に、ともかく抱かれたかった」（「戦前、戦中のこと」・『ある映画作家』所収）という心境であった。


私は高知では、中隊の糧秣被服を管理する班長だったので、それらの物資を預かってもらっていた農家の納屋の二階に、数名の兵隊と起居していた。中隊は近くの小学校を屯営としていた。そのため、私は成年男子が戦地にでて、老人、婦人、子供が残されていた集落の人たちとよく接触した。彼等はやがて、ここが沖縄のような凄惨な戦場になってしまうだろうという悲痛な思いにうちひしがれ、さしせまった農作業も手につかないで、右往左往する多くの兵隊の姿をながめていた。厭戦気分がひかえめな言葉の隅々に洩れ漂っていた。

（「戦前、戦中のこと」・『ある映画作家』所収）

そして、八月十五日を迎えたのであった。

中隊は解体。全員の復員事務に忙殺される。朝鮮人志願兵を帰し、最古参の召集補助兵が帰される。真吉は家族が疎開していた肱川上流の山村へたどり着く。次兄一家が義姉の実家に身を寄せていたのだ。母や次兄の家族は元気であったが、次兄稽造はジャカルタで戦死していた。長兄夫妻は、八幡浜で相次いで急病のため亡くなっていた。長姉は戦前すでに夫と死別していたが、八幡浜で持病である胃病の静養につとめていた。

肉親たちも様々に戦争の日々を過ごしていたのである。

◆映像作家として

戦後、東宝に復帰するが東宝争議に参加し昭和二十四年（一九四九）に退社、フリーとなる。以後、「日本記録映画作家協会」の結成に関わる。大島渚・吉田喜重らの「映画批評の会」、安部公房・島尾敏雄らの「現在の会」、花田清輝・佐々木基一らの「記録芸術の会」、長谷川龍生・黒田喜夫・関根弘らの「現代詩の会」などにも関わって活動。

昭和三十九年（一九六四）には、土本典昭・黒木和雄・東陽一・小川紳介らと「映像芸術の会」を結成した。

一九七〇年代以降は、民俗・神事・芸能をモチーフとした民俗映像を数多く制作。民俗学の宮田登、社会人類学の野口武徳たちと「映像民俗学を考える会」を結成して、映像記録の重要性や活用等の研究も重ねていった。

「冬の夜の神々の宴 ― 遠山の霜月祭」、「ゆきははなである ― 新野の雪まつり」、「御神楽祭り」等々おおくの民俗映像を撮影している。

詩は「心のなかに私の別天地としてとっておこうと思いつづけ、詩をかきたくなった時折に詩をかいてきた。でも無理して発表しようとも考えなかった」(「戦前、戦中のこと」・『ある映画作家』所収)という。

昭和四十八年(一九七三)、「象の一生」撮影のためタイへ。材木搬出など、人間に使役される象の暮らしを描く作品であった。このとき、胃せんこうを発症し、緊急帰国する。手術二回、入院三ヵ月を経験。九死に一生を得る。病床では詩を書き、それらをふくめて一冊にまとめ初めての詩集『奈落転々』を刊行。昭和五十三年(一九七八)のことであった。

今朝も私は竹の長い箸を削る
――老女の繰り言《ごと》、夏の歌

今朝も私は早くから
一心に　竹の長い箸を削る
いつものように

紺がすりの防空頭巾をかむって
ひまわりのバカでっかい黄いろい顔が
のぞきこんでいる縁先で
私は竹の長い箸を削る
あれから二十幾年
来る日も　来る日も。

強烈な放射線に射とめられ
焼けただれた背中に
あんぐりとあいた
腐肉《ふにく》の匂いが鼻をつく傷口
その傷口にわいたうじ虫。
息たえだえに生き残った人々
灼熱《しゃくねつ》の熱線の雨のなかをかけぬけ
火煙の湖底をさまよいつづけてきた人々の背中の傷口に
ニョキ　ニョキとうごめき
巣くらう小さな白いうじ虫たち。

小さなうじ虫は身をくねらす
とろけた灰色の膿の泥濘《ぬかるみ》にもぐる
肉を崩す。
夏の強い日射しに
うじ虫はキラッ　キラッと光る。
それは飛沫《しぶき》の歯
　葉ずれの音
　靴底の鋲
　はねる竹箸の削り屑
　刃のかけたナイフのきらめき
　額の皺にしみわたる汗の無数の目

私は竹箸を削る
ひと削り、ひと削り。

私ははげちょろけた朱塗りの椀をもって歩く
私は傷口のうじ虫を
呼吸をとめ

長い竹箸でつまみだす
目をやきつぶした　あの人の背中から
頭髪のぬけ落ちてしまった
この人の背中から

はげちょろけた
朱塗りの椀に
私は一匹　一匹
竹箸にはさんで
うじ虫をいれる。

椀のなかのうじ虫は
はじけあがった朱塗りの亀裂に
もぐりこもうとあがく。

私は竹箸を削る。
一人　一人
私は傷口のうじ虫を

執念の棘のようにひきぬきつづける
一匹　一匹。

私は日本の竹箸を束ねて握る
石臼をひくように
力をこめて
力かぎり
椀のなかのうじ虫を
すりつぶす
こねる
うじ虫ははげ落ちた朱塗りの破片《かけら》をまぶされ
血痰のようになって
竹箸の動きにまつわりつく。

私は竹箸を一心に削る
うじ虫をつまみだす竹箸を削る。

私はすりつぶしたうじ虫を

椀ごとなげつける
ひまわりの花芯に
椀があたる。

ひまわりの口から
うじ虫たちの血痰が
長く　長くたれさがってゆく。

私は竹の長い箸を削る。

私はしずまることも
はてることも
消えさることもない
私の無惨な日々の営みをかみしめる。

私は竹の長い箸を削る。

あの時

午前八時十五分

閃光

あれから　すでに二十幾年。

今朝も私は竹の長い箸を削る
いつものように
紺がすりの防空頭巾をかむって
ひまわりのバカでっかい黄いろい顔が
のぞきこんでいる縁先で
私は長い箸を削る。

詩集『奈落転々』に収められたこの詩は、「社会新報」（昭和四十九年八月七日号）に発表したもの。詩人の長谷川龍生や黒田喜夫との交友が「私の遠ざかりつつあった詩心をよびもどしてくれた」（詩集『奈落転々』）という。

映像作品でも『ヒロシマ・私の青春』を制作している。一瞬にして炎と死体と瓦礫の廃墟と化したヒロシマの現在を生きる若者たちを記録した作品。

長谷川龍生は「コトバとの連繋作業において、人間の心の奥底にねむっている不思議な視界をひきずりだしてきている」、「見えない視界を見ていこうとする勁さ、そういう接線に迫ろうとするところが」、映像作業の上で切りすてられていくもの、そういうものを、詩のコトバとして映像化する手際を野田の詩にみえる特徴だと評価している。

詩誌「半仙戯」に書いていた日々から、この「今朝も私は竹の長い箸を削る」に至る真吉の時代・社会と向き合ってきた人生の経験が、よく伝わってくる思いである。

昭和五十七年（一九八二）にも、前詩集以後の二十篇を『暗愚唱歌』にまとめて刊行。

映画作家、詩人としての人生を野田真吉は燃焼させている。

参考文献
野田真吉詩集『奈落転々』（創樹社）昭和五十三年
野田真吉『フィルモグラフィ的自伝風な覚え書　ある映画作家』（泰流社）昭和六十三年
野田真吉『わが青春の漂泊 中原中也』（泰流社）昭和六十三年

平和が平和であるために

徳永民平
敷村寛治
図子英雄
香川紘子

徳永民平　大正和十四年〜平成二十四年（一九二五〜二〇一二）

◆星の輝きに世紀の悪夢を

昭和二十年（一九四五）八月八日、星一つの肩章をつけた（二等兵）徳永民平は輸送列車に詰めこまれていた。愛知県一宮を出て、行き先は広島であった。その部隊は駅のない駅に下車。横川というところで、夜を明かすことになった。

河水は黒く、向こう岸で煙が立ちのぼっている。人間を焼いている火が漁り火のようであった。毛布一枚ひっかぶって横になり夜空を仰ぐ。いつもと変わらぬ星の輝きに、世紀の悪夢を見なければならない悲しみと怒りに全身が震えたのであった。

戦時中、逓信局や新聞社に勤務。昭和十八年（一九四三）、賀川豊彦の影響を受け、基督教社会主義者同盟に加盟。翌年の暮れ、雪のちらつく寒いクリスマス礼拝でバプテスマ（洗礼）を受ける。

二十年夏の終わりに広島より復員。戦災引揚孤児救済運動に奔走する。児童福祉の法律も整備制定されていない時代、戦後日本の社会事業の先駆けとして、親のいない子どもたちと生活を共にしつづけた。

児童福祉法が制定されて、少し落ち着いた昭和二十五年（一九五〇）から二十七年（一九五二）まで、夜間、松山の繁華街である大街道に立ち、小さなガリ版詩集「明日」、「流民」、「ブランコ」を売った。うどん一杯分の価格であったが、よく売れた。人々が何か心の糧に飢えていたことが実感できた時代であったと、後年回顧している。

新阿房陀羅経

彼らはまむしの卵をかえし、くもの巣を織る。
その卵を食べる者は死ぬ。
卵が踏まれると破れて毒蛇を出す。

イザヤ書五九章五節

日本国憲法

第九条　日本国民は、正義と秩序を基調とする国際平和を誠実に希求し、国権の発動たる戦争と、武力による威嚇又は武力の行使は、国際紛争を解決する手段としては永久にこれを放棄する。

前項の目的を達するため、陸海空軍その他の戦力は、これを保持しない。国の交戦権は、これを認めない。

六月の太陽は　ぎらぎらと燃えつづけた

わたくしたちの叫びを焦がすように
ひとりの怒りは　ひとりの怒りの繋がり
ひとりの歌は　ひとりの歌に響いていった

六月の風は　広場に集まる人びとの
こころの中を吹いた
プラカードの林を走り
幟旗をゆさぶり
白亜の伽藍堂を吹きぬいていった
子供たちが　小さな網を持って
トンボ採りに行けるために
親と子が　窓辺に寄り添って
にこにこ笑えるために
兄弟たちが再び銃剣をとらないために
わたくしたちが
真実のわたくしたちであるために
平和が平和であるために——
恋人たちが楽しく囀けるために

あなたの汗が
わたくしの体に伝わるために
六月の太陽は　ぎらぎらと燃えつづけた

星の降る夜の広場に
みえない屋根を焼いて
人びとは蹶起《たち》あがった
何のために!!
骨拾いも出来ない悲しみに
再び　あわないために――

思い出の一つ一つがころがっている
わたくしたちの故郷は
僕が帰って来た時
みんな焼けただれていた
僕たちは鉄兜で味噌汁を炊いたな――
芹をたくさん摘んで来て
みんなで分合って食べたな――

再び鉄兜を冠らぬために——
それにどうしたというのだ
あの深い悲しみの沼
沼底の歌が聞こえないのか
わたくしたちの未来を
すべて託した殿堂は
いま　納骨堂のように白く聳えている

この霧の夜更け
黒い煙に燻されて
わきあがる怒号が聞こえないというのか
わたくしたちの組んだ腕は離れない
それは　生きる者たちの愛の鎖

日米安全保障条約（抜粋）

第六条
　日本国の安全に寄与し、並びに極東における国際の平和及

び安全の維持に寄与するため、アメリカ合衆国は、その陸軍、
空軍及び海軍が日本国において施設及び区域を使用すること
を許される。
——発効日一九六〇・六・二三

牛は目を開いたままでぶらさがっていた
尻の巣につき刺さった鎖の先は
今とてもやわらかだった
剥がれた皮に太陽がさして
やさしい風は乾いていた

雲が割れ　陽光が狂うと
黒い鳥が飛降りてきて
少女をさらった
あの白い雲の下で
なぜ人びとは蛙のように
踏まれなければならないのだ
伽藍堂の壁に塗り込められた記憶の小鳥は
今は　いない

そこに　かわいい野菊がゆれていた
人よ　もう遠い日の思い出になったのか

もっと　フィルムを大きくしろ！
フィルムが大きくなると　ぼけはじめ
ああ　この国の
重たい祈祷書は破かれ
おまえたちの祈りから
血の滴る音が聞こえてくる

人びとが　薪のように重なりあって
死んでいった
アウシュビッツのガス室の
亡霊は今も語る
わたくしたちは手をとりあって進もう
千二百万の人間を虐殺しても
微笑する者共を蹂躙して進もう
わたくしたちの平和をかえすために

仲間の血で
再び　おのれの墓碑銘を書かぬために
棍棒を振り上げるかわりに
わたくしたちは　真実の火を噴こう

空は何処にある　と
わたくしたちの
あの青い空は何処にあると

徳永は昭和九年（一九三四）の秋ころから、亡き両親への音信として詩のようなものを書いて、死者との交流をしていたと語っている。

戦後は終生社会福祉事業に奔走した。それは社会運動と精神運動の両輪からなり、〈喜ぶ者と共に喜び、泣く者と共に泣け〉という、ロマ書十二章十五節「共に」に他ならないと信じた道であった。民平さんと親しまれた徳永の数多い詩篇には、どれも他者への深い慈愛が溢れている。

参考文献
『徳永民平詩集』（思潮社）昭和四十三年
徳永民平『愛する人々へ』（不二印刷）平成十二年

敷村寛治　昭和六年〜平成十四年（一九三一〜二〇〇二）

◆ありのままの暮らしに歴史を問う

その絵にはなぜか見る者を惹きつけ
不安な気持ちにさせる怖さがあった

誰が描いたの？　と私が訊いた
岩崎さんだよ
ほの暗い部屋の逆光の中で
絵から目を離さずに父が答えた
岩崎さんの描いた岩崎さんさ
小父さんはどこへ行ったの？
父はしばらく黙って絵を眺めていた
内地へ帰って兵隊さんになったのだよ
もう帰ってこないの？

どうして？
はじめて父は振り返り私を見た
帰ってくるさ　この戦争が終わったら一緒に
パリへ行くんだ　絵を描きにね
夏の終わりの夕暮れの光の中で
父はいつまでもその絵を眺めていた

その前の年の暮れ
異国の街の異国の人々の中を
日本人だけが「祝南京陥落」の幟を立て
日の丸の小旗を打ち振って行進した
数年たって白髪の混じる父も兵隊になった
それっきり二人は帰ってこなかった

誰もが不在になった部屋で
ひとりその絵を眺めていると
誰かが私を呼んでいるのが聴こえた

昨年夏、京都下鴨神社糺の森で開かれた納涼古本まつりで、わたしは一冊の本を入手した。敷村寛治短篇小説集『北の街』。発行は平成十六年（二〇〇四）である。

ハルビンを舞台に、健作という少年の日常が十五の短篇に綴られている。先に掲げた詩は、その巻頭作品「ある自画像　一九三八年・夏」の冒頭に置かれていた。

巻末の経歴によると、作者である敷村は昭和六年（一九三一）、中国東北部（旧満州）生まれ。ハルビン中学二年のとき敗戦、父母の郷里愛媛県松山市に帰国している。

この短篇の副題にある一九三八年は日中戦争がいよいよ泥沼化し、戦時体制のいっそうの強化をみた年である。国家総動員法が公布され、戦争遂行に向けて国民生活のさまざまな局面で国家による統制が進んだのであった。

この短編集にはハルビンで生きる少年健作の目を通した、そうした時代への純粋な怒り、反抗が描かれている。敗戦を迎えて帰国するまでの混乱の日々における大人顔負けの健作少年の生活力のたくましさ、ひたむきさも印象深い。

美術教師であった父を、召集をうけた画学生が訪れた日を描く「ある自画像」。

「佐伯祐三の絵を見ていると怖くなる。佐伯には絵しかない、絵のほかに何も能のない男の、命懸けの仕事です」という画学生岩崎青年は、その日汽車を見たいと言い出す。

父、健作と三人は街へ出かけ、ちょうど国際列車の通過に出くわすのだ。

「この列車で、佐伯祐三はパリへ帰って行った！」、岩崎は唸るように言う。岩崎は夢であったパリ行きを果たすことなく戦地に散る。ソ連との国境の町へ送り出されて行った父も帰ってくることはなかった。

「健作」には、作者敷村の経験がおおきく投影されていることは言うまでもない。戦後、彼は松山電報局に勤務した。労組初代局長などもつとめるかたわら、こうした作品を書きつづけたのだ。作品のほとんどは、日本民主主義文学会四国文学研究集会の作品集『民主文学みとよ』、『さぬかいと』に発表されたもの。

平和な暮らしを築き上げるのも人間なら、その暮らしを打ち破り崩壊させるのもまた人間だ。脆《もろ》く、不確かであっけない人間存在の目撃者であった少年時代の敷村。しかし、そうした日々にけっして奪われなかったものは、彼にとってその後の人生の拠り所となる自分自身の言葉であったに違いない。

しみじみと心に染みる彼の短篇は、歴史的背景の意味を超えて生き生きとした文学性を獲得していると思える。そのうえで、静かに「歴史」に問いかける力をもっている。巻頭に置かれた詩は、敷村の文学活動を象徴する意味に貫かれている。

わたしは彼の詩をもう一篇読んだことがある。大原富枝の『彼もまた神の愛でしこ子か　洲之内徹の生涯』に引かれていたもの。洲之内が生涯こだわった重松鶴之助の死に関わる叙述部分に置かれていたのだ。重松は左翼活動で入獄。昭和十三年（一九三八）十一月三十日、満期釈放の朝、大阪堺の刑務所三階の廊下から、手すりを乗り越え、吹き抜けになっている一階の土間に墜落して死んだのであった。

その謎多い死を洲之内は考えつづけたのだ。重松鶴之助を取り上げたＮＨＫ「日曜美術館」放映の最後に、青山墓地にある「無名戦士の墓」が映った。「昭和十年に有志によって密かに建立されたものだという。敗戦後の二十三年、始めて公然と合葬祭が行われた。その最初の合葬者名簿の中に重松鶴之助の名もある。そのあとに一篇の詩が映されて流れた。」(『彼もまた神の愛でしこ子か』)、それが敷村のつぎの詩であった。

死者たちは何も語ろうとはしない
その名を彫む碑もなく　頌詩もない
無数の　男たち　女たち

人間のいのちが
葉書一枚の重さでしかなかった時代
石壁をこぶしで撃つように生き
死んでいった　無名の若者たち

その声も　姿も
硝煙とサーベルの音にかき消され
彼らが　生と死の炎で描いた虹は
人びとの記憶の地平で褪せようとしている。

死者たちは何も語ろうとはしない
忘れかけの街を埋める沈黙の重さに
いまその似姿をたどる　忘れないために

参考文献
敷村寛治短篇小説集『北の街』（光陽出版社）平成十六年
大原富枝『彼もまた神の愛でし子か　洲之内徹の生涯』（講談社）平成元年

図子英雄　昭和八年～平成二十八年（一九三三～二〇一六）

◆軍神の母を凝視《みつめ》て

知覧の螢

昭和二十年六月六日の払暁、第一〇四振武隊の宮川三郎少尉は二百五十キロ爆弾を抱いて僚機とともに知覧基地を飛び立ち、開聞岳をかすめて沖縄へむかった。〈空飛ぶ棺桶〉と揶揄されたオンボロ機を操っての征きて還らざる出撃であった。

出撃の前夜、宮川少尉は富屋食堂の鳥濱とめさんに、

「おばさん、明日出撃して敵をやっつけて来ます。そのときは宮川が帰って来た、とよろこんでください」と別れの挨拶をした。

「どうして帰って来るの？」

「螢になって帰って来ます」

二十歳の若者はきっぱりと答えた。

その翌晩、とめさんは異様な灯りにたぐり寄せられた。食堂裏の小川の向こう岸に源氏螢よ

りもやや大きい一匹の螢が白い花にとまって、まぶしい夢幻の光を瞬かせている。

「サブちゃん」

とめさんは思わず声をあげ、食堂で飲食中の隊員たちを呼んだ。化身した螢に、疑念をさし挟むものはいなかった。

一人が「同期の桜」を口ずさむと、みんなが粛然と合唱した。ほかの軍歌もうたわれ、やがて螢は蜜柑色の光の弧をふわーっとみなづきの闇ににじませて消えた。

知覧特攻平和会館のビデオで、老齢の鳥濱とめさんはしずかに思い出の糸をたぐる。色白の品のいい慈顔に縮緬皺を刻んだ「特攻の母」は、平成四年の暮春に世を去ったが、散華した隊員たちをいとおしむ姿は烈しい風雨のなかで巣の雛鳥を庇いとおす母鳥を想わせた。とめさんは死後もなお、隊員たちの霊《みたま》を鎮め、慈愛のつばさで優しくくるんでいるのだろう。

螢になって戻る！

宮川少尉の魂魄は、その一念に凝結していたのか。血まみれの骨片となって飛び散る死の瞬間まで。……少尉はとめさんを、母と慕っていた。

理不尽に強いられた千二十八柱*の犠牲のなかで、この信じがたい奇蹟は、螢火のように消えぬ美しい微光を明滅させている。

＊　千二十八柱の犠牲　沖縄攻防戦で知覧基地から千二十六人が飛び立ち、散華した。あと二人は行方不明。

知覧特攻平和会館を訪れる誰しも、こうした挿話に心を揺さぶられるであろう。図子も同様であるが、少年時代の経験が、さらにその思いを深めたにちがいない。彼は、かつて軍神と讃えられた特攻隊員宅を弔問したことがあった。それは左記のような事情である。

昭和十九年（一九四四）年十月二十八日、神風特別攻撃隊の先駆けとなった敷島隊の戦果が大本営から発表された。

敷島隊の隊長・関行男大尉の出身地である愛媛県西条市は、この快挙に沸き立った。氷見《ひみ》国民学校の六年生であった図子英雄は、翌日担任教師に命じられて、大尉の母堂・関サカエさん宅へ弔問に行っている。第二種軍装に身をかためた大尉の遺影に礼拝した。外には興奮した人びとの長蛇の列がつらなっていた。訪れたのは愛媛県知事、西条市長、在郷軍人、翼賛会、国防婦人会、青年団等々。しかし、家の中は香煙がたちこめ、沈痛な深い悲しみにみたされていた。

「居間の上がり框に着物姿の小柄で色の白い中年の女性が端座していて、弔問客に折り目正しく丁寧に答礼していた。その女性がサカエさんだった。私がお会いしたのはこの時だけであったが、硬くはりつめた血の気のない美しい顔と、見事な挙措がまぶたに焼きついている。」（『母の碑』あとがき）と、図子は強い印象とともに記憶にとどめていた。

新聞には、豊田副武《とよだそえむ》連合艦隊司令長官の布告が掲載された。

神風特別攻撃隊敷島隊は昭和十九年十月二十五日〇〇時スルアン島沖〇〇海里において中型航空母艦四隻を基幹とする敵艦隊の一群を捕捉するや必死必中の体当り攻撃をもつて航空母艦一隻

を撃沈、同一隻炎上撃破、巡洋艦一隻轟沈の戦果を収め悠久の大義に殉ず、忠烈万世に燦《さん》たり
仍《よ》つて茲《ここ》に其の殊勲を認め全軍に布告す

軍神とたたえられた関大尉は二階級特進。関大尉は母ひとり子ひとりの境遇で、新婚五ヵ月の妻をのこしていた。

昭和三十九年（一九六四）の夏、図子は新聞でサカエさんの訃報に接する。四国山地にある当時の千足村小中学校の用務員をしていて亡くなったことを知るのだ。記事に添えられた中佐の凛々しい写真を見て、このように立派なひとり息子を失った母親のほんとうの悲しみに突き当たった気がしたと、あらためて感慨を深くする。

サカエさんが戦争末期から肉桂の集荷作業や草餅の行商をしていることは、当時もそれとなく伝わってきた。回天の壮挙、軍神の母などと足が宙を踏むような世間の空気は、敗戦を境に吹き飛んでしまう。冷ややかに手のひらを返した人間の素顔に、彼女は向き合わねばならなかったのだ。

詩人で作家でもある図子は、この母の生涯を「内面のドラマ」として描き、小説『母の碑《いしぶみ》』を「新潮」平成三年（一九九一）十月号に発表、のちに同社から単行本が刊行された。サカエさんを終始温かく支えた従弟夫婦を訪ねるなど、関親子をモデルとして、可能なかぎり事実をふまえながら創作した力作長編である。

参考文献
図子英雄『詩集　二つのピエタ』（青葉図書）平成十二年
図子英雄『母の碑』（新潮社）平成四年

（付記）本書刊行に向けて作業を進めていた六月二十六日、図子英雄氏が御逝去されました。心より御冥福をお祈り申し上げます

香川紘子　昭和十年〜（一九三五〜　）

◆ヒロシマ

八月六日を生き続けるコスチューム
―石内都撮影の広島原爆資料館の遺品―

八月六日午前八時十五分まで
女学生の膨らみかけた胸を
やさしく包んでいた
ちぢみの和服地のブラウスが
熱線に焼け焦げ　爆風に引き裂かれて
原型を留めない小さなぼろ布として
壊れた橋のたもとに引っ掛かっていたのを
行方不明の娘を探し歩いた母親によって
確認された

――かあさん　うち　ここで死んだんよ

無言の伝言を
からの墓に葬る気には　どうしてもなれないまま
手元に置いて供養してきた母親も
寄る年波には克てず
最近広島原爆資料館に　寄贈した

他にも　同じ思いの老いた母たちから寄せられた
あの八月六日の無言の証人のコスチュームを
戦後生まれの写真家　石内都は
ガラス板を組み立てたライトボックスの上に
細心の注意をこめて載せ
内側からの明かりで浮かび上がらせるように
愛用のカメラで
一年半をかけて撮影したのだった

なかでも　被爆した朝

十四歳の少女が　もんぺの上から着ていた
キャラコ地の赤　紺　緑の鮮やかなプリントの
胸元に赤い小さな飾りボタンを五個並べた
半袖のワンピースは
丸襟の左側が　少し裂けてはいるものの

——かあさん　ただいま
　　遅くなって　ごめんね

その少女が帰宅し　しだい
着替えさせてあげられそうだ

透き通った紗のコーヒーブラウンの
長袖のロングドレスは
両袖とも　ずたずたに裂けてはいるが
このパーティードレスの持ち主の若い女性は
戦地に行ったきりのパートナーの左肩に
右手を軽く置き　その左手を腰に回して

どんなにか　軽やかに
タンゴを踊りたかったことだろう

これらのコスチュームの主人公の娘たちは
あと十日　生き延びることができたなら
空襲警報に怯えることもなく
おしゃれや自由を
楽しむことができただろうに

私はこれまで
ベビー服や
お宮参りの友禅の四つ身から始まって
もんぺに　防空頭巾
戦後初めて手を通した
赤と紺の水輪模様の本裁ちの浴衣
成人式のための若草色のベルベットのワンピース
そして　喪服など
これまで　何度か途中下車した駅のベンチに

置き土産にしてきた
蛇の脱殻のようなものだと思っていたが

あの八月五日の夜遅く
母が仕舞い風呂の残り湯で洗濯してくれた
私の藤絹の長袖のブラウスが
六十三年経った今も
私の身代わりのように
物干し台の十字架に
熱線に焼け焦げた背中を晒している

香川紘子は昭和十年（一九三五）、姫路の白鷺城に近い浜の町、飾磨で生まれた。幼い香川の最初の記憶は、数え年三歳の冬、南京陥落の提灯行列であった。母の背中でゆさぶられながら、そこここであがるどよめきの軍国子守唄を聞いた。同じ頃、初めて芝居をみた。それは出征軍人とその家族を扱った素人芝居であった。馬をひき出してきた軍服の父親と母親が、子と別れを惜しんでいる情景だった。数え年五歳の初秋、父が飾磨から姫路へ転勤。さらに大阪吹田、愛媛松山と移り、昭和十九年（一九四四）十月に広島へ。

広島市吉島本町で被爆し、九月には祖母を原爆症で喪う。

八月五日は日曜日、叔母の家に疎開していた祖母が戻ってきたのを祝い久々の祝宴。夜半、艦載機によるおおがかりな呉軍港への空襲があり、防空壕に避難した。

六日の月曜日、六時過ぎに朝食をとる。七時過ぎに警戒警報のサイレンが鳴るがほどなく解除された。

香川は祖母が庭先から摘んできてくれたジャノメ菊の花を「少女の友」のページに挟んで押し花を作っていた。母は庭に出て、家庭菜園のサツマイモの葉の手入れをし、家に上がって手水鉢で手を洗いながら、「あら、変だわ。警戒警報も出ていないのにB29の爆音がする」と縁側から快晴の空を見上げた。

その瞬間、目を射るような朱色の閃光が走った。ドーンと腹の底にこたえる地響きがし、ガラガラと建物が崩れ落ちる音が加わる。あたりは一瞬、真っ暗に。母は爆風に吹き飛ばされてマリのように部屋のなかへ転がった。

防空壕や救護所で阿鼻叫喚の現実に直面した。

一晩中、天を焦がして燃えつづけた炎は、市街の大半をなめつくし、香川一家の住まいがあった橋の手前で、辛うじてとどまった。家は半壊ながら消失は免れたのだ。

電気がとまり、ラジオも聞けず、新聞も読めない明け暮れ。八月九日にはソ連軍参戦が口づてに伝わる。一家は、被爆翌日から急性原爆症の下痢に見舞われ、とりわけ祖母は再び起きあがることはできなかった。死の砂漠のなかで、八月十五日を迎えたのだ。

九月、祖母の初七日の夜、第二枕崎台風による洪水で家財流出。

その一年後、一家は松山市に移った。

前掲の詩篇は、このときのさまざまな経験が、原爆資料館の遺品と重なって形象化されている。戦後生まれの写真家の仕事を作中に生かしたことも、語り継ぐことの意味を浮き上がらせて印象的だ。これが収められた詩集『清流の心電図』の帯には、「詩と共に生きた八十年の軌跡」とあるが、香川紘子の詩精神の根底に秘められたヒロシマが清冽である。

参考文献
香川紘子『詩集　清流の心電図』（土曜美術社出版販売）平成二十七年
香川紘子『足のない旅』（聖文社）昭和五十七年

おわりに

わたしの両親は朝鮮半島からの引き揚げ者です。母は終戦の少し前に松山へ戻っていました。父が復員してきたのは、山口県長門市の仙崎港でした。引き揚げ者が上陸した港湾施設として、今も「海外引き揚げ上陸跡地」の表示や説明板などが整備されています。

十年ほど前までは、平壌で暮らした方々の会報が届いていました。父や母は知人たちの消息が届くのを楽しみにしていたようです。

わたしが生まれたころは、母の姉が嫁いでいた家に居候して暮らしていました。二階の一間をあてがわれるだけで有り難いことだったのです。その家は松山市の三津浜にありました。伯父は和菓子店を営んでいたのですが、戦時中に商売道具の機器をすべて金属供出で失い、戦後は畑違いの勤め人として働きました。伯母もいろいろな内職に勤しんでいました。

父は平壌で体育の教師をしていたのです。三津浜では勧められて商店街で運動具店を営んだこともありましたが、うまくはこばなかったようです。松山でふたたび教師の職に就きました。

わたしが幼稚園に上がる前年、縁あって旧愛媛県女子師範学校の同窓会館の一室に入居できることになりました。隣接する女子師範跡地に警察予備隊が置かれ、保安隊、自衛隊に変化していく様を子どもの眼で見たのです。

住宅事情の悪い時代、そこには何世帯もの人たちが暮らしていました。父親を広島の原爆で亡くしたMさん一家は、母と年頃の娘さん二人。Oさん一家は父親が沖縄で戦死。祖母と母親と三人の息子さん。

それぞれが戦争の影を背負いながらの日々でした。それだけに他人同士ながら絆は深かった。あるとき、わたしが蜜柑の輸出を手がけている同級生宅で、ココアをふるまわれたことがありました。ティーカップ、受け皿、スプーンに驚きとまどってしまいました。ココアはむろんのこと、そんなものに出逢ったことがなかったのです。スプーンでココアをすくって飲んだところ、優しい友人はていねいに使い方を教えてくれました。

帰宅後、その話をするとMさん一家のお母さんは、翌日さっそくココアを一缶買ってきてくれました。おばさんは進駐軍から流れた物資を扱っていたからです。

Oさん一家の長男が東京の大学へ進学。夜学に通いながら昼間はいろいろなアルバイトをこなしていました。そのH兄さんが帰省するたび、東京土産を忘れることはなかったのです。そのころの特急列車「つばめ」の絵本など思い出深いのですが、わたしのなによりの楽しみは、H兄さんの学生生活の話でした。

ビルの窓そうじのアルバイトの最中、空腹のあまりゴンドラから、ふらっと落ちるのではないかと思った、などと語り聞かせてもらった時間はなにより輝いていました。

戦争が終わって、なんでもない一日を生きる日常があったのです。そうした日々に育まれることから始まって、わたしは七十年近くを過ごしてきました。

ところで、母の実家は昭和十七年の秋、海軍航空隊松山基地建設のために、強制立ち退きを命じられました。そこには紫電改戦闘機隊で知られる、第三四三航空隊が編成配置されました。わたしの家族との因縁はそれだけではありませんでした。

昭和二十年七月二十四日、豊後水道での戦闘で未帰還となった六機のうちの一機と思われる紫電改の機体が、愛媛県南宇和郡城辺町の通称長崎鼻から約百メートルの久良湾の海底約四十メートルで発見され、引き揚げられることになったのです。

昭和五十四年七月十四日、厚生省と愛媛県によって、それは実行されました。

この日の機体引き揚げに集まった報道陣の過熱ぶりは異常で、狭い空域に取材陣が集中、セスナ機が墜落し、乗員三名が死亡する事態を生んだのです。じつはわたしの弟はテレビ局の放送記者として、そのセスナ機に搭乗していたのです。偶然とはいえ、辛い巡り合わせでした。

戦後何年を経過しても、さまざまな家庭で事情はいろいろ違っても同じように、戦争の影とあらためて向き合う、というようなことは起こっていたことでしょう。

なんでもない一日一日を過ごす国民を守り支えるのは憲法です。

＊　＊　＊

「はじめに」に書いたように、わたしは日本国憲法と同い年。この歳月をこの憲法に抱かれて、自分の生活を築いてきたのです。

昨年、『永遠平和のために』（イマニエル・カント）という本に出逢いました。訳者はドイツ文学者の池内紀さん。二百年ほど前の本ですが、長い歳月をへて、国際連合を生みだすもととなり、日本の憲法の画期的な「九条」の基本理念となったものだそうです。

池内さんによると、十年ばかり前に、なにやら世の雲行きがあやしくなりかけたのを見て、ある編集者にせっつかれ、カントにとりくみ、二年がかりで日本語にしたそうです。哲学用語をいっさい使わないで、なるたけ平易な訳語で仕上げているとのこと。帯には「16歳からの平和論」と添えられています。

それが昨年、復刊されました。池内さんは「戦後七十年をめぐるキナくさい時代状況が甦らせたわけである」と、述べられています。

昨年、日本は集団的自衛権の行使を主張する国へ舵をきりました。特定秘密保護法や、電波停止を示唆するメディア規制など、キナくさい空気は少しずつ静かに濃さをましています。

戦前の多くの人びとは、気がついたら戦争が始まっていたというような発言をしていることを、よく目や耳にします。誰もが好んで戦争をしたいわけはない。しかし現実世界は複雑怪奇。

カントによると、隣り合った人びとが平和に暮らしているのは、人間にとって「自然な状態」ではないのだそうです。むしろ、いつもひそかな「敵意」のわだかまっている状態こそ自然であって、だからこそ、政治家は平和を根づかせるために、あらゆる努力をつづけなければならない。そこが肝腎です。

七十年つづいた平和を、さらに平和であらしめるために、かつて詩人たちがどのような言葉を発信したか、わたしなりに振り返ってみました。本書では、わたしが暮らしている愛媛に関わる詩人たちの言葉をみたのですが、日本中どこでも同じようにできるに違いありません。

昨年暮れ、ある忘年会席上での話から、それなら今一冊にまとめよう！ということになったのでした。

作家・高橋源一郎さんの『ぼくらの民主主義なんだぜ』という本を読んでいて、「デモで社会が変わるのか？」という問いに対して、「デモで社会は変わる、なぜなら、デモをすることで、『人がデモをする社会』に変わるからだ」という指摘に、ハッとさせられました。

思想家、文芸評論家の柄谷行人さんの言葉を、高橋さんが引いていたのです。

この本を書いている間、柄谷さんの考え方を拠りどころにしながら、筆を進めることができました。それにしても、詩に関わった多くの先人たちの生き方に触れることができました。

子規や建樹が生きた明治という時代、社会。安四の強靱、清冽な詩精神。赤黄男の戦場での真情。戦争や治安維持法のもとで青春を過ごさざるを得なかった詩人たち。

彼らの尊い人生が、今を見つめ、進むべき社会に向かって心を開くことに、少しでも関わることができれば幸いです。最終章、戦時体験をへて戦後を生きる詩人たちの詩篇を読みながら、語り継ぐことの大切さを思いました。先述のデモの話のように、この本が読んでくださる方々に少しでも意義をもって伝われば、いいなと思います。

この本も創風社出版の大早友章・直美ご夫妻の手を煩わせることになりました。「今でしょう」という一言を発した友章さんにうながされて、ここまでたどりつきました。また、資料に関して中村きくえさんの協力をいただきました。感謝いたします。

二〇一六年　三月　　桜の蕾がふくらむころ

堀内　統義

堀内　統義（ほりうち　つねよし）

1947年1月10日生まれ。

詩集に『平和風平和な街にかかる祝祭星座』(冬至書房)『罠』(昭森社)『海』(創樹社)『日の雨』(ミッドナイト・プレス)『よもだかんとりーぶるうす』(インクスポット)『まぼろしの日々、日々のまぼろし』(マルコボ・コム)『夜の舟』、『楠樹譚』、『耳のタラップ』、『ずっと、ここに』(創風社出版) 他。

エッセイ集に『喩の島の懸崖』、『浮游蕩蕩 まつやまイエスタディ&トゥデイ』(創風社出版)『愛媛の地名 小さきものへのめまい』(愛媛県文化振興財団)。

評伝に『峡のまれびと 夭折俳人芝不器男の世界』(邑書林)『芝不器男』、『恋する正岡子規』(創風社出版) 他。

共著に『歴史と文学の回廊　四国』(ぎょうせい)『四国遍路地図』全4巻 (東海図版)『愛媛県謎解き散歩』(新人物往来社) 他多数。

現在、不器男の俳句や文章をめぐる「不器男旬報《しゅんぽう》」を随時刊行している。

〒791-8023 愛媛県松山市朝美2丁目6-43

戦争・詩・時代
平和が平和であるために

2016年8月15日発行　　定価＊本体1500円+税
著　者　堀内統義
発行者　大早友章
発行所　創風社出版
〒791-8068 愛媛県松山市みどりヶ丘9－8
TEL.089-953-3153　FAX.089-953-3103
振替 01630-7-14660　http://www.soufusha.jp/
印 刷　㈱松栄印刷所　　製 本　㈱永木製本

ISBN978-4-86037-230-9